U0017441

魯達一個箭步，踏住鄭屠的胸脯，提起那西瓜大的拳頭。

林沖從金甲山後面跳出來，大喝一聲：「該死奸賊。」。

吳用到石碣村，找到阮小二。

昜志和士兵紛紛倒臥，晁蓋等人把金銀財寶運走。

宋江怕閻玉枝洩漏梁山泊的秘密，將她殺死。

老虎拼命地掙扎，武松怎敢放開手，不斷地槌打。

武松扯斷手上的枷鎖，將暗算他的士兵踢倒。

秦明來到青州城下，弓箭手站立城頭。

宋江被判充軍江州半年，宋太公和宋清拿錢給押送士兵張千和李萬。

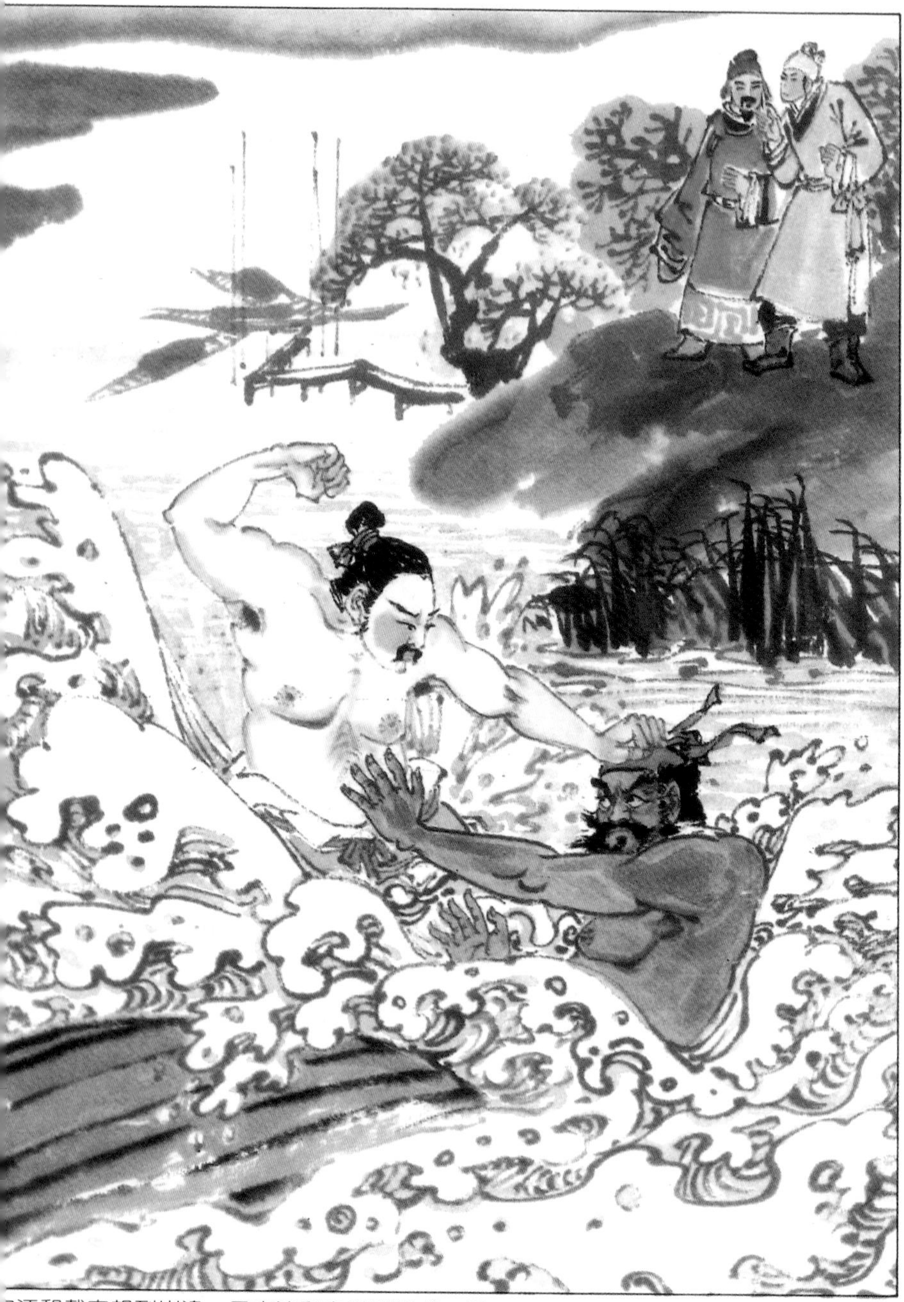

宋江和戴宗趕到岸邊，黑李逵和白張順扭成一團。

九天玄女傳授宋江三卷天書。

九天玄女傳授宋江三卷天書。

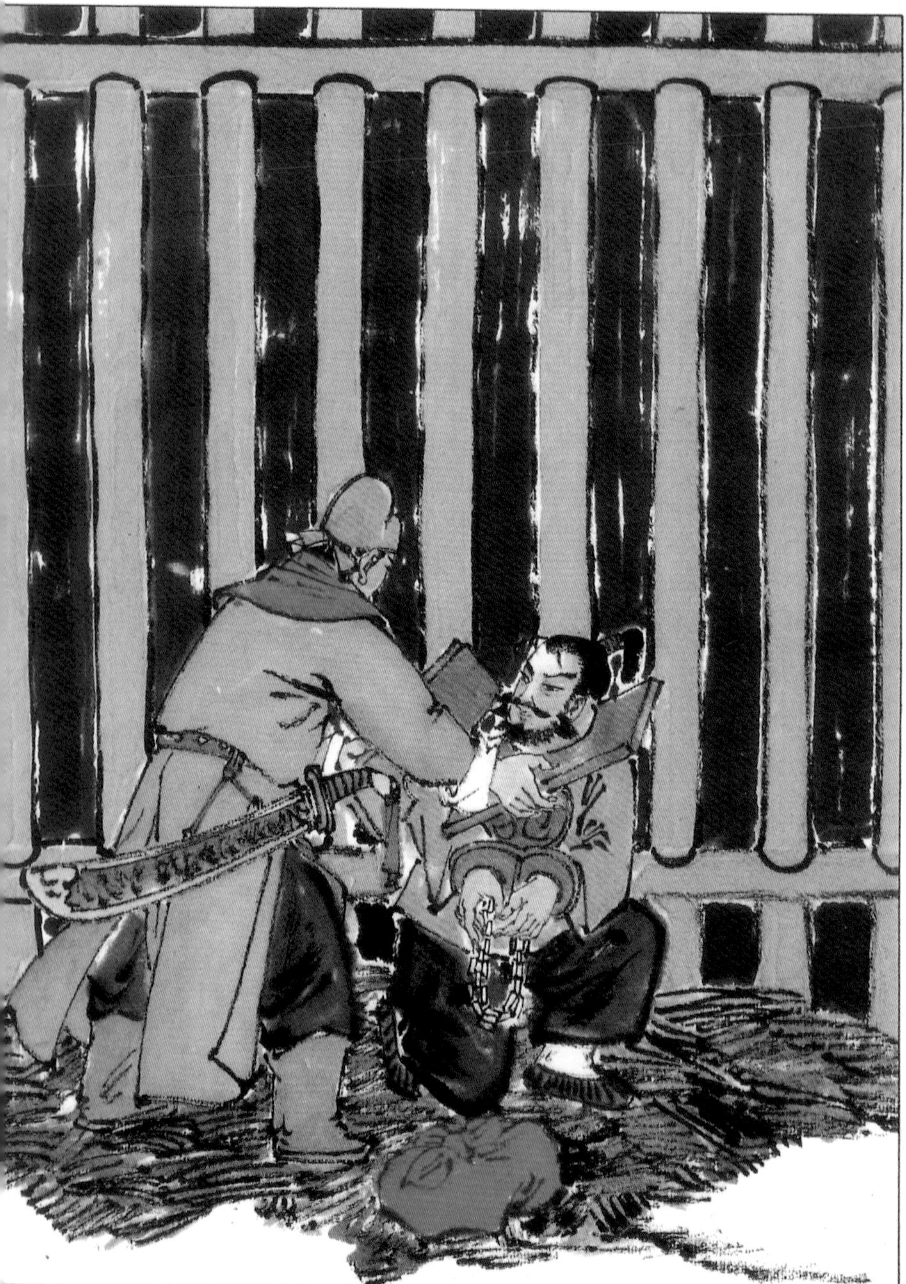

朱仝來到太牢，解開雷橫的枷鎖說：「…………」

李逵拿雙斧來到松鶴軒，把羅真人劈成兩半。

宋江活捉呼延灼，隨即替呼鬆綁。

盧俊義在北京郊外遇到燕青。

盧俊義在夜裏大醉回房，忽見身長手長腳長手拿寶弓說：「我是稽康………」

中國古典名著少年版

①

施耐庵原著

水滸傳

陳煒改寫●陳士侯插畫

導讀

《水滸傳》是我國古典長篇小說傑作之一，它是由說書人在酒樓茶館講說故事的底本，逐漸發展成熟的；所以它不是一個時代、一位作家所創造出來的作品，而是民眾、說書藝人和文人的集體創作，其中最重要的創造者是元末明初的文士施耐庵。

《水滸傳》的故事，在南宋時，就已經在民間流傳了。歷史上也的確有宋江這個人，不過，那時候跟隨宋江的強盜，共有三十五個人，後來經過不斷地增改、潤色，才有三十六名天罡星、七十二名地煞星的故事。

我們在讀《水滸傳》時，首先會被梁山泊集團的「情義」所吸引。但是，梁山泊那種由家族情感擴大而成的「情義」，不是從良知、正義出發的。他們往往為了「論秤分金銀、大碗喝酒、大塊吃肉」的慾望享受而結義，並沒有什麼遠大的理想和光明的人格；「替天行道」的口號，只是他們追求滿足慾望的藉口而已。

其次，我們在《水滸傳》中，可以看到作威作福、欺壓百姓的官吏們，像高俅、梁中書等人。所以很多水滸英雄加入梁山泊，都是因為「官逼民反」所造成的，例如阮氏三兄弟等。於是，梁山泊的組織與行動，又具有反抗腐敗的政治勢力、痛擊罪惡醜陋世界的這一層意義。

《水滸傳》最大的優點在於：描寫人物非常深刻。千百年來，魯智深的直爽、林沖的豪傑、武松的血義、吳用的機智、李逵的率真……等，一直活在小說、戲曲的讀者和觀眾的心目中。再者，《水滸傳》的場景描寫也非常出色。例如魯智深三拳打死鎮關西、林教頭風雪山神廟、景陽岡武松打虎、黑旋風鬥浪裡白條、黑旋風沂嶺殺四虎……等，都呈現出聲光形色、鮮明活潑的畫面。

「少年版《水滸傳》」是根據通行的金聖嘆七十回本所改寫的；結尾以盧俊義的一場惡夢做為結束，把英雄好漢們的結義功業，化成淒慘的悲劇。雖然，七十回本的《水滸傳》在所有的《水滸》版本中，篇幅已經算是最少的了，但是也有將近五十萬字左右。所以我們的改寫過程不免遺貌取神，在情節的安排上，盡量以人物性格的刻劃為中心，期望書中的這些英雄好漢，生動地進入閱讀者的心中。

如果小朋友們能從「少年版《水滸傳》」中，得到對《水滸傳》故事的大致印象，進一步對《水滸傳》產生濃厚的興趣，親自去閱讀《水滸傳》一書，那麼我們引導小朋友進入中國古典小說世界的目的，就算是達成了。

目次

目次

楔子　水滸傳一百零八條好漢的由來

遠在宋朝仁宗皇帝在位的時候，有一年春天，社會上忽然流行起一種很奇怪的疾病，只要人畜草木一感染到這種病，沒有不立刻死亡的；這種怪病使得社會人心緊張不安，可是大家一直找不出辦法來應付它。

後來，仁宗皇帝和大臣們決定派遣殿前太尉洪信去江西的龍虎山，請道行很高的張天師來京城，舉行祭天法會，祈禱上蒼，消除疾病災害。

洪信領了聖旨，帶了隨從，第二天早晨就趕到了龍

殿前太尉：宋朝沒有這種官職，相當於皇帝的貼身侍衛。

龍虎山：在今江西省東北部貴溪縣西南，道教的本山，有太上清宮。

張天師：指道教創始人張道陵的子孫。張道陵，原名陵，東漢沛國豐人。元朝時，

虎山的上清宮，宮裡的大小道士都出來迎接貴客，鳴鐘擊鼓，還擺上香花燈燭，好不熱鬧，可是卻一直不見張天師的蹤影。

洪太尉就問監宮的道士說：「怎麼沒看到天師呢？」道士向前稟告說：「我們這一代天師是個很奇特的人，性情清高孤僻，不喜歡送往迎來，所以就在山頂上蓋了一間茅庵，一個人在那裡修真養性，因此並不住在上清宮裡。」洪太尉說：「我急著要見他，趕快派人請他下來！」道士稟說：「如果太尉真要見天師，那麼必須齋戒沐浴，穿上布衣草鞋，自己一個人步行上山，三步一拜，五步一叩，用誠心誠意感動天師，天師才會和你見面。」洪太尉心中雖然很不樂意，為了達成使命，只好委屈將就了。

他的後代張宗演，受封為輔漢天師，因此他的子孫，後世都稱張天師。

法會：舉行宗教儀式的集會。

洪太尉獨自走過幾個山頭後，腿也酸、腳也軟了，不免埋怨說：「我是朝廷貴官，平時坐轎子習慣了，哪裡穿過草鞋走這種山路呢？這群牛鼻子道士竟敢戲弄我！可惡！」又走了三、五十步，喘得上氣不接下氣，實在走不動了；忽然從山凹中颳起一陣陰風，順著風勢，從那茂密的松樹林裡，像打雷聲一樣大吼一聲，撲地跳出一隻全身灰白的大老虎來。

洪太尉叫了聲「啊呀！」就跌倒在地上。那隻大老虎在洪太尉左右盤旋了一會兒，對他咆哮了一陣子，就「咻」地往後山坡跑去。洪太尉倒臥在樹根下，早已嚇得牙齒上上下下打顫，心頭像有十五個吊桶，七上八落地咚咚響著，全身像中風麻木一樣，兩腿又像鬬敗的公雞；直到那老虎走了有一炷香的時間，太尉才慢慢爬起

盤旋：周旋進退。

簌簌：音ㄙㄨˋ ㄙㄨˋ，形容細碎的聲音。

來，嘆口氣說：「還好我命大啊！」

話還沒說完，只是感覺有一陣寒風夾雜著毒氣直沖過來，太尉擡頭一看，從簌簌地響的竹林裡，竄出一條水桶般粗細、黑白斑紋交錯的錦蛇來；太尉大吃一驚，叫聲：「我死定了！」全身就軟了下去，倒在山石邊。

那蛇快速地竄到山石邊，朝著洪太尉盤旋成一堆，雙眼迸射出金色光芒，巨大口中伸吐著蛇信，不斷向太尉臉上噴氣，太尉早已嚇得三魂七魄全都飛到九霄雲外去了。那蛇看了看洪太尉，忽然「唰」地往山下一溜，就不見了。

太尉心神稍稍安定，就聽見從松樹林背後，隱隱有笛聲傳來，沒多久，就看見一個道童，倒騎著一頭黃牛，橫吹著一管鐵笛，笑吟吟地朝這邊過來。那道童經過太尉身旁時，卻不理睬太尉，只是不停地吹著笛，太尉連問了幾聲：「你從哪裡來？這附近有個張天師麼？」道童才呵呵大笑，用鐵笛指著太尉說：「洪太尉你請回去吧！我們天師已經乘鶴駕雲到京城舉行法會了。」說著，又笑呵呵走了。太尉想要上前追問，卻看不到道童的蹤影，又想到山上的毒蛇猛獸　寒毛就直豎起來，立刻跑下山去。

洪太尉回到上清宮，就向住持抱怨要他獨自上山，簡直是要陷害他的老命；住持卻告訴洪太尉說，那些猛虎毒蛇都是張天師養的寵物，目的在於試探登山求道人的誠心，並不會傷害人的，而且太尉見到的那個道童，正是張天師。太尉聽了，才放下心來。

第二天，上清宮的住持招待洪太尉遊山，山上的殿宇都蓋得富麗堂皇，四周山景也使人心曠神怡，洪太尉隨意走到後山一座偏僻的殿宇來。那殿宇的大門上栓著兩個胳膊大的鎖，上面還用幾十張封皮交叉地貼著，封皮上面還有重重疊疊的紅色印記；擡頭一看，屋簷下有個匾額，上面寫著：「伏魔寶殿」四個大字。

洪太尉好奇心大起，指著門問在一旁的道士說：「這個伏魔寶殿是做什麼用的？為什麼要鎖起來呢？」道士稟說：「這個殿是我們開山祖師鎮鎖山上魔王的地方，每當一個新的天師接受傳承衣缽時，就要親手貼上一張封皮，加蓋印記，使後代子孫不能隨便開啟，若是放走了魔王，一定會天下大亂的。」

洪太尉聽了，立刻要求道士派人打開殿門，讓他進去看看究竟，道士們個個面有難色。太尉十分生氣說：

衣鉢：師長傳授的學問或技能。

勾當：不光明正大的事。

煽惑：以言語蠱惑人。

龍章鳳篆：尊稱帝王的書法。

「你們不讓我進去，一定是有見不得人的勾當，我回去報告天子，說你們用妖言煽惑老百姓，將你們整個寺廟全都查封了。」道士們害怕寺廟真的被查封了，只得叫了幾十個工人，把封皮撕掉，用鐵鎚打掉大鎖。

當大家進入伏魔寶殿後，裡面空空洞洞的，只有個石碣立在殿中央，大家用火把一照，那石碣的前面刻著些龍章鳳篆的古文字，後面竟然鑿著「遇洪而開」四個字。

洪太尉笑呵呵地說：「你們看，這不是天註定了嗎？你們還敢阻擋我？趕快把這塊石頭掘起來！」道士們聽了都不敢上前勸戒，工人們掘了半天，終於把石碣掘起來了。那石碣底下是個十丈見方的青石板，太尉再叫：「掘起來！」道士們苦苦哀求說：「千萬不可啊！」太尉哪裡聽得進去。

當工人們一齊扛起那塊大青石板，往下一看時，忽然從那黑烏烏的，不知有多深的深淵裡，刮上來一陣排山倒海的旋風，夾著轟隆聲響和閃閃金光。剎那間，一股黑色氣流從深底裡滾湧上來，掀塌了雕飾精美的殿角，直沖進天空中，忽然那股黑氣流分散成為一百零八條金光，向四面八方隕落了。

在殿裡的人們嚇得東奔西逃，洪太尉卻目瞪口呆地愣在一旁，不知道該怎麼辦才好。一個面色如土的道士苦惱地說：「糟了！太尉，糟了啊！當初老祖師爺關住魔王時，曾經吩咐說：『這裡面鎮鎖著三十六名天罡星，七十二名地煞星，共有一百零八個魔王，石碣上面那些龍章鳳篆的古文字就是他們的名字，任何人都不准放他們出去，否則後果不堪設想。切記！切記！』現在該怎麼辦呢？」洪太尉知道自己闖了大禍，一時也想不出法子。

當天下午，洪太尉在上清宮召集所有的人，嚴格命令不准把放走魔王的事傳揚出去，否則一定用充軍邊疆論罪；然後撥下銀錢，要道士們趕緊整修殿宇，再重新豎立石碣。當晚，太尉就率領隨從趕回京城去了，在路上，他聽說張天師已經舉行完祭天法會，那奇怪疾病立刻消失無蹤了。

後來仁宗皇帝在位共四十二年，傳位給英宗，英宗在位四年，傳位給神宗，神宗在位十八年，傳位給哲宗，那時候，被洪太尉放走的三十六名天罡星、七十二名地煞星，已經投胎轉世，逐漸長大成人了。

第一回　魯達三拳打死鎮關西

延安府：在今陝西省北部，延水南岸，陝北高原的經濟、交通中心，附近蘊藏油頁岩。

在延安府的熱鬧市街上，有一家很有名的酒館，叫做「高陞酒館」。這一天有兩個人在那裡喝酒，其中的一個因為從肩膀到胸膛共紋繡了九條龍，所以人們稱他「九紋龍」史進，另一個是名叫魯達的軍官。

這兩人喝酒喝得面紅耳赤，開始比手劃腳談起刀棒鎗棍的招式來，談得正興高采烈的時候，忽然聽到隔壁的房間裡，有斷斷續續的啼哭聲傳了出來；魯達因為自己的談興被啼哭聲打斷了，感到很不高興，就把桌上的杯子、盤子全都摔到地上去。酒保慌慌張張地跑了過來說：「官爺，要什麼東西，請儘管吩咐嘛，何必摔杯盤呢？」魯達回答說：「酒家（自稱）要你個頭！你也該認識俺是誰吧！酒家和弟兄喝酒聊天正高興，什麼人在隔壁哭哭啼啼的，吵得俺心煩了。」酒保陪著笑臉說：「官爺請先別生氣，隔壁那對賣唱的父女不知道官爺在這邊喝酒，所以吵到官爺了，我馬上過去告訴他們。」魯達叫說：「等一等，酒家可要問一問這是怎麼一回事，你去給俺把他們叫過來！」

酒保去了一會兒，就帶來一個十七、八歲的少女，背後跟著一個五、六十歲的老頭，手裡還拿著胡琴。兩人一進門，就看到一個圓面大耳，口方鼻直，下巴長滿粗粗黑黑鬍渣的高壯大漢氣呼呼地坐在那裡，那女孩早已嚇哭了。

魯達粗聲問說：「你們為什麼在隔壁哭得那麼傷心？」

那老頭兒回答說：「我本來住在東京城，帶著老伴和女兒來這裡投奔親戚，誰知親戚已經搬走了，我的老伴又感染到重病，不治死亡，我們帶的錢全部花光了，實在是走投無路。那時，有個財主看見我的女兒有些姿色，就說要給我三千兩銀子娶她作妾，結果他卻一毛錢也沒給，硬逼我簽了字，搶走我的女兒；後來我的女兒到了他家裡，又被他的妻子趕了出來，還派人跟我討三千兩銀錢，他們有錢有勢，我們只好到酒樓賣唱還錢。這兩天生意清淡，賺不到錢，父女兩人想到不能還錢，又要受到羞辱，心中害怕，所以就哭了出來，想不到吵了官爺喝酒，還請官爺原諒。」

魯達又問說：「那個財主叫什麼名字？」老頭兒答說：「那個財主就是在市場北邊的狀元橋賣肉的鄭屠，人們稱他鄭大官人，綽號『鎮關西』。」魯達聽完，大怒：「呸！俺還以為是那個三頭六臂的財主，原來就是殺豬的鄭屠，竟敢這樣欺負人！」說著從身上掏出一些銀錢，又轉身向史進借了些，全部拿給那老頭兒，說：「你們父女兩人拿著這些銀錢，趕快回故鄉去吧！這裡的事就交給我來處理。」轉身又向史進說：「兄弟，你在這兒等著，我去打死鄭屠就回來。」

這天鄭屠的肉鋪生意特別好，總管忙著算帳，工人忙著剁肉，鄭屠正坐在櫃台後面，看著來往的人潮。忽然鄭屠看見魯達氣呼呼地向店鋪走來，旁邊買肉的人都閃到一邊去了。那個鄭屠立刻叫工人搬張椅子來，笑著說：「官爺請坐呀！要拿些什麼嗎？」魯達坐下說：「洒家要十斤瘦肉，全部切碎，不要看見半點肥的在上面。」鄭屠答說：「是！是！」立刻命令工人去挑肉、切肉。魯達阻止他說：「他們的手不乾淨，你親自給我切！」鄭屠雖然心中不願意，但是只好乖乖去切了。鄭屠認真切了半天，切好了，用百荷葉包了起來說：「官爺，我派人送去好了？」魯達說：「送個屁！你再給俺切十斤肥肉，切得碎碎的，不要看見半點瘦的在上面。」鄭屠低聲問說：「不知道要這肥肉做什麼？」魯達睜起圓圓的大眼瞪著他說：「叫你切就切，管它做什麼的！」鄭屠只好選了十斤肥肉，仔細切了起來。

切了有半天的時間，一些想要買肉的顧客們，看見魯達氣呼呼地睜著圓眼坐在店鋪門口，都害怕不敢進來買肉。鄭屠切好後，用百荷葉包起來，說：「送到那兒去？」魯達說：「再切十斤軟骨，也要切碎，不要看見半點肉在上面。」鄭屠自言自語的苦笑說：「不是要拿我窮開心嗎？」

話還沒說完，魯達就跳了起來，瞪著鄭屠說：「洒家就是特地要來尋你開心的！」說著，隨手拿起兩包切好的碎肉，向鄭屠的臉砸了下去，剎那間，鄭屠頭上像下了一陣「肉雨」。

鄭屠十分生氣，一股無名火從腳底直沖上腦門，隨手拿起肉鋪上的剔骨尖刀，就向魯達砍過去，魯達一閃，鄭屠撲個空，魯達順勢抓住鄭屠的手，大腳一踢，踢中鄭屠的小腹，把鄭屠從店裡踢到大街上去，旁觀的人圍了一堆，卻沒有一個人敢上前勸阻。

魯達一個箭步，踏住鄭屠的胸脯，提起那個西瓜大小的拳頭，瞪著鄭屠說：「酒家從小兵當起，當到關西的大軍官，也不敢稱自己是『鎮關西』，你這個賣肉的、拿刀的屠夫，像狗一樣的人，也敢自稱『鎮關西』？說！你是如何欺負那在酒樓上賣唱的父女倆？」說著，撲地一拳，打在鼻子上，鮮血噴了出來，鼻子歪了半邊，好像開了一間作料店一樣，鹹酸苦辣全都滾流出來。

鄭屠躺在地上，那把尖刀也丟在一邊，口裡喃喃說：「好！打得好！」魯達更生氣了，罵說：「混蛋東西！還敢嘴硬！」提起拳頭再往鄭屠眼眶打了下去，打得眼眶碎裂，眼珠凸了出來，像是開了一家彩布店一樣，紅黑黃紫全都綻放開了。兩旁看熱鬧的人，全都安靜了，卻沒有人敢向前勸阻。

鄭屠滿臉像是化了妝的小丑一樣，只好討饒了。魯達氣呼呼地說：「呸！你如果有點骨氣，和俺堅持到底，洒家或許會饒你性命；你卻那麼沒有志氣地討饒，洒家偏不饒你！」說著，又一拳，打在太陽穴上，像表演了一場國樂演奏會，鑼鼓磬鈸全都響了起來。

鄭屠直挺挺地躺在地上，嘴巴裡只是吐出氣，卻沒看見他吸進半口氣。魯達看著鄭屠說：「你居然還敢裝死！看俺再打你！」但是看到鄭屠臉上已經變得慘白，沒有一點血絲，魯達心裡也慌張起來，想著：「洒家原來希望痛打這混蛋一頓，想不到他這麼禁不起打，三拳就打死了，洒家可要坐牢了，又沒人給俺送牢飯，還是趕快趁早跑了吧！」想著，拔腿就走，還不斷故意回頭指著鄭屠的屍體說：「你居然裝死！好！以後慢慢找你算帳！」一路罵，一路愈走愈遠。旁邊觀看的人們，沒有一個敢上前攔阻他，等到魯達走遠了，大家才一擁上前，看著鄭屠的死屍。

魯達跑回住的地方，急急忙忙收拾些衣服銀錢，提起一條短棒，跑出城門，像一道煙似地溜走了。

第二回　魯智深大鬧五臺山

自從魯達打死鄭屠，急急慌慌逃出延安府後，沒有目標地走了一個多月。這一天魯達來到了五臺山腳，五臺山上的文殊院自古就是佛教有名的清修寺院。魯達心想：「這一個多月來飢不擇食地趕路，每到一個城鎮，就看見洒家的畫像被貼在城牆上，害得俺都不敢走進城裡，而且要在晚上選擇僻靜的小路行走，這種生活已經逼得俺走投無路，乾脆躲到山上當和尚去，一來可以暫避風險，二來又可以圖個清靜。」主意拿定了，魯達就

五臺山：在今山西省五臺縣東北，著名的佛教聖地。

飢不擇食：非常飢餓，而不暇選擇食物。比喻需用急迫，顧不得細加選擇。

上了五臺山，拜見文殊院的住持智真長老，說明來意。

智真長老是個慈悲善良的佛教徒，而且正好有一個財主許下心願，要買一個人到文殊院來當和尚，卻找不到一個自願的。所以雖然其他長老認為魯達面貌兇惡，眼露兇光，不適合收留他；但是智真長老認為魯達和佛祖有緣，而且看他是個面惡心善的人，只要認真修行，以後一定能修到正果。

魯達終於在智真長老的堅持下，剃度受戒，賜法號「智深」，從此魯達就在五臺山當了和尚。

時光匆匆，不知不覺過了半年，正是百花盛開的夏天。魯智深靜極思動，想到半年來都待在禪房寺院裡，快無聊死了！於是就偷溜出寺外，隨意走著，欣賞那美麗的山景；忽然聽到叮叮噹噹賣酒的響聲從山腳下傳來，

剃度：指削髮出家當僧尼，了卻生死煩惱，超渡苦厄。

受戒：指出家當僧尼，接受佛教制定的戒法，是一種佛家的宗教儀式。

法號：佛教徒受戒時，由師父所取的僧名。

隨風飄香的酒味兒勾起魯智深肚裡的酒蟲。智深五步做三步地跑回禪房，拿些銀子藏進懷裡，就一溜煙跑下山去了。

山下是個三、五百戶人家的小村落，魯智深穿過清澈的小溪流，正要找酒店時，卻聽見有人打鐵的聲音。智深進了那個鐵匠，粗聲問說：「喂！有上等鋼鐵嗎？」那個打鐵工人擡頭看到魯智深下巴剛剃過，又暴長出來的鬍鬚，粗粗黑黑，好不刺人，先就有五分怕了。他怯生生地說：「師父請坐，不知要打些什麼東西？」

智深說：「酒家要打條禪杖，一口戒刀，你有上等的鋼鐵麼？」那工人說：「有！不過不知道師父要打多少斤重的？」智深說：「酒家只要一條各一百斤重的。」打鐵的愣了一下，說：「太重了吧！恐怕師父拿不動，就連關公老爺的關刀也只有八十一斤而已。」智深不耐煩地說：「俺卻比不上關爺，他也不過只是個人！好吧！就照你說的，也打八十一斤重的。」智深從懷裡拿出銀錢，先預付了。

走出鐵匠鋪，迎面就是一幅酒旗兒隨風飄展，智深掀起酒店的簾子，走了進去，坐了下來，敲著桌面說：「喂！酒保！拿酒來呀！」那個酒保恭恭敬敬的跑來說：「師父不要見怪，小人們住的房子是向山上寺院租的，就連開店資金也是寺院的；山上長老曾經交代，若是小人賣酒給寺院裡的師父喝了，就要追討小店的資本，而且收回房子，請師父原諒小人的困難。」智深說：「你就隨便賣些酒給俺喝，俺又不會亂講出去。」酒保說：「實在有困難，請師父原諒。」智深不高興地站了起來說：「酒家到別的地方喝去！」

智深連續走了五、六家酒店，得到的回答竟然都和頭一家一樣。智深忽然想到一個妙計，於是再走到村莊盡頭，杏花樹林旁邊的一個小酒店，坐下來就說：「俺是雲遊四方的行腳僧人，要買酒喝。」酒保說：「和尚如果是五臺山上寺院裡的師父，我就不敢賣給你。」智深不耐煩地說：「酒家不是，快拿酒來！」

酒保端來了酒，魯智深連喝了十幾碗，又買了半隻狗肉，和著蒜泥，就咔吱咔吱大咬起來，再喝了十幾碗酒，吃得滿嘴滑溜溜的，酒香、肉香充滿整個酒店。那個酒保都看呆了，輕聲說：「從來沒看過這種吃相！」忽然聽到智深叫說：「再打一桶酒來！」

魯智深吃了有一炷香的時間，剩下一隻狗腿，智深把它藏進懷裡，扔下一些碎銀子說：「多的銀錢，明天再來吃！」就往五臺山的方向走去，那酒保卻目瞪口呆地站在那裡，不知該怎麼辦才好。

智深走到半山的亭子時，坐下休息，那酒卻不斷從胃部翻湧起來。智深趁著酒興，捲起禪衣，伸拳劈腿活動起筋骨來，一不小心，一腿掃到亭柱上面，「喱啷」一聲，柱子竟然折斷了，亭子攤塌下來，智深大笑一聲，沿著曲折的山路走回寺院去。

酒的力量，像火山爆發一樣，攪得智深搖搖晃晃的；智深搖晃到寺院門口，看見左右兩個橫眉豎眼的金剛正張著血盆巨口，智深非常氣憤，說：「你們這兩個石頭人，不幫忙俺叫開門，還敢擠眉弄眼的嚇俺！」說著，用力去搖晃那兩座高大的石金剛，只聽見一聲震天大響，

金剛：手持金剛杵的大力鬼神。

兩座百十斤重的金剛倒撞下來，魯智深卻坐在石階上拍手大笑。

那在寺院看門的長工，聽到響聲，從門縫看出去，大吃一驚，立刻去報告長老知道，幾個輩份高的長老陪著智真長老趕來寺院門口看時，大門已被魯智深推倒了。大家七嘴八舌地討論著，智真長老說：「古話說：『天子尚且迴避醉漢』，也只有由他鬧去了。不要說打壞了護門的金剛，就是打壞大殿上的佛祖，也沒辦法，誰敢上前攔住他呢？」大家異口同聲地說：「好個怕事的住持長老！」

魯智深左搖右晃地進了禪院，一個站不穩，跌倒在地，智深吃力地爬起來，摸了摸光腦袋，朝禪房走去。

當他走進禪房的時候，在床上打坐的師兄弟們，全都大吃一驚，智深也不管他們，倒頭就「咯！咯！」地大吐起來，臭味很快地擴散充滿整個禪房。在房間的和尚那裡受得了，全部說了聲：「善哉！」就掩蓋住口鼻。

智深吐了一會兒，就爬到禪床上，把禪衣嗶嗶剝剝地拉扯下來，忽然從懷中掉下一截狗腿來，智深高興地說：「哈！正肚子餓哩！」撿起來就塞到嘴巴裡。其他和尚看見，全都用袖子遮住臉，遠遠地躲開來。智深看他們都躲開來，就扯下一塊狗肉，說：「你也來一口！」說著，跳下床，抓住一個和尚，把狗肉硬塞進他的嘴巴，那個和尚拚命用袖子擋，那裡擋得住呢？在對面的幾個和尚跑過來勸智深住手，智深提起拳頭，就往一個光腦袋上搥了下去，另一個想要逃跑，卻被智深扭住耳朵，也是一拳，滿屋子的和尚亂成一堆，紛紛向四面跑開。

智深一路追打出來，打得正高興，忽然看見監寺長老帶領寺院中的長工、伙夫、道童、轎夫等五、六十人，都拿著刀叉棍棒站在他面前。智深大吼一聲，跳進佛堂，扯斷供桌的木腳，當成棍棒，打了出來，大家看他十分兇猛，都拖了棍棒刀叉躲到走廊底下。

魯智深正要揮動桌腳，朝一堆人打下去時，只聽見智真長老大叫：「住手！智深不得無禮！你們大家全都退下。」大家都紛紛退散了。

智深這時候酒醉也清醒七、八分了，知道自己闖了大禍，嘴巴卻叫說：「請長老為洒家作主。」長老說：「智深！你居然不守出家人的清規戒律，喝得大醉回來，打壞了山亭，打倒了金剛，又打傷師兄弟，鬧得寺院大亂，我這五臺山文殊院，千百年來都是清靜的地方，卻

清規：指佛家的生活規約。

戒律：佛家身心所守的行為規律。

被你在一個晚上破壞了，我也不能留你了，你隨我來方丈，我替你安排個去的地方吧！」魯智深只好硬著頭皮，乖乖地隨智真長老去了。

第三回　林沖陷身白虎節堂

魯智深在五臺山上大鬧一場後，已經沒辦法繼續待在文殊院，只有帶著智真長老的介紹信，和一支禪杖、一把戒刀，到了京城的大相國寺，拜見智真的師弟智清長老。智清長老看完信後，猶豫了一下，就要魯智深去管理寺院的菜園，智深雖然不願意，卻也只好勉強答應了。

那個菜園坐落在京城的郊區，離大相國寺院有一大段距離，平常只有一個老和尚在管理；那個老和尚很怕事，所以對於經常來菜園偷菜的三、五個小混混，也就睜一隻眼、閉一隻眼，裝做沒看見。

這一天，魯智深到達菜園的時候，幾個小混混正聚集在一棵高大的綠楊樹下商議著：「我們中間有誰能夠不用梯子，就把樹上的鳥巢完完整整地拿下來，我們就尊奉他為老大。」一個小混混身手迅速地攀爬上樹，可是那棵樹實在很高大，鳥巢結在樹枝的盡頭，小混混伸手去抓那鳥巢，一個沒站穩，從樹上跌下來，摔得鼻青臉腫。

魯智深走了過去，把禪衣脫掉，彎腰用右手撐著地，然後用左手抱住綠楊樹的底端，腰部用力向上一扭，那棵綠楊樹竟然連根被拔了起來。幾個小混混大吃一驚，全部跪在地上，邊拜邊說：「師父是羅漢轉世投胎，如果沒有千萬斤力氣，那裡能夠拔得起來呢？」然後大家出錢到街上的酒樓辦了一桌酒席，開始拜魯智深做師父了。

連續幾天都在大碗喝酒、大塊吃肉的日子裡度過了。這一天，一群人又在菜園裡喝酒吃肉，徒兒們吃得正高興，開始起鬨要智深露幾手棍棒刀鎗的招式，讓他們見識一下。智深立刻走回房間，拿了八十一斤重的禪杖出來，大家看了說：「如果兩個臂膀沒有水牛般的力氣，怎麼可能拿得動呢？」魯智深把禪杖在手中颼颼地揮舞起來，旁觀的人都拍手叫好。

智深正好得意的時候，忽然看到籬笆外面站著一個軍官裝扮的人，也在拍手叫好，這人長得堂堂儀表，一看就知道身手不凡的樣子。魯智深問徒弟說：「這個人是誰？」徒弟答說：「這個人是八十萬禁軍的鎗棒教練

禁軍：皇帝的親兵，負有保護責任。

惺惺惜惜：比喻同類的相憐。

林武師，名字叫做林沖。」魯智深立刻請他進來喝酒，兩人一見如故，惺惺相惜，就結拜成為異姓兄弟來。

兩人喝酒談天正高興，忽然看見一個小姑娘急急慌慌地跑了過來，原來是伴隨林沖夫人的丫鬟錦兒，林沖忙問說：「錦兒，怎麼回事？」錦兒紅著臉、喘著氣說：「林相公，不好了，剛才奴婢陪夫人從廟裡燒完香出來，被一個公子帶了幾個無賴攔住了，夫人硬是被那公子給拖走了，奴婢趕緊逃開，跑來求救。」林沖聽了，大吃一驚，立刻往廟的方向跑去，跑不多遠，就看見幾個無賴圍成半圈，中間一個少年正拉著夫人，強迫她上樓去。

林沖一翻身，擋在少年和夫人的前面，正要下手打那個少年時，一看，原來是京城最有權勢的高太尉的義子高衙內，林沖猶豫了一下，那高衙內卻說：「林沖，干你甚麼事，來多管閒事？」原來這個高衙內不認識林沖的夫人，否則他也不會去冒犯林沖；幾個無賴一看情形，知道綁的人是林沖夫人，立刻向林沖笑臉賠罪，趕忙勸高衙內離開。林沖非常生氣地看著衙內騎馬走了；這時候，魯智深帶了二、三十個混混趕來幫忙，看見沒有事發生，大夥也就散了。

這個高衙內仗著義父高俅在京師的權勢，無惡不作，尤其喜愛誘拐良家婦女，所以京師的人都稱他「花花太歲」。這天，他一個人在書房裡，想著前幾天就快要把林沖老婆弄到手了，卻被林沖攔阻下來，愈想愈不干心，正愁找不到計策對付林沖時，一個跟班的無賴漢叫富安的走了進來。高衙內說：「富安，我從小也看過好多女人了，可是那天自從看到林沖老婆以後，心裡只想她一人，每天都悶悶不樂，你有什麼計策，可以使我得手的話，我一定重重賞你。」富安說：「奴才有個知己朋友，就是太尉老爺宅裡的侍衛官陸虞侯，他和林沖很好，不過卻是見錢眼開的人，可以利用這個人來進行一條計策，陷害林沖。」說著，就把嘴巴湊到衙內的耳朵邊，嘀咕咕地說了些話，高衙內大樂說：「這個計策太妙了！」

林沖自從和魯智深結拜後，每天都和智深在一起喝酒，談論武藝招式，漸漸也把那天和高衙內衝突的事忘記了。這一天早上，林沖和魯智深喝完酒走到大街上，看見一個高大的人手裡拿著一把寶刀，嘴巴叫著：「英雄識寶刀，不要埋沒了這把刀啊！」魯智深說：「原來是個賣刀的。」林沖並沒理他，一直和智深談論刀鎗的

虞侯：侍衛官。

招式，那人走到林沖身旁，嘆口氣說：「整個京師裡，難道真的沒有人賞識這把刀嗎？」說著，把刀拔了出來，「咻」地一道光芒使林沖眼睛一亮。

林沖接過寶刀，仔細把玩了一會兒，和智深一起讚賞說：「真是好刀，不知要賣多少錢？」林沖和那人把價錢談妥當了，就請那人跟他回家拿錢。林沖問那人說：「你這把刀是從那兒來的？」那人說：「是小人祖先的傳家寶物，因為家裡貧窮，只好賣了。」林沖問：「你祖先是誰？」那人說：「真是有辱祖先的名聲，還是不說的好！」林沖也不再追問下去。

等到那人走後，林沖一再反覆地把玩寶刀，心想：「聽說高太尉家中也藏有一把寶刀，卻從來都不肯讓人欣賞，我今天得到這把寶刀，以後可以慢慢和他比較好壞了。」到了晚上，陸虞候就來拜訪林沖，陸虞候對林沖說：「那天林兄為了保護妻子和高衙內衝撞的事，高太尉已經知道了；高太尉沒有兒子，所以特別疼愛這個義子，因此對林兄很不諒解。聽說林兄買了一把寶刀，正好高太尉也很愛欣賞寶刀，為什麼不把寶刀帶去給太尉看看。順便利用這個機會解釋一下那天發生的事呢？」林沖說：「還要麻煩陸兄帶路、引見。」

陸虞候帶著林沖到了高俅的住宅，陸虞候請林沖進去，再把他領到裡面的房間，又經過三、四道門，來到一間大廳上，陸虞候說：「林兄，你先在這裡等著，我進去請太尉出來。」林沖拿著寶刀，在廳堂上站著，左右看看房間的擺設佈置。當他擡頭一看，看見「白虎廳堂」四個字時，大吃一驚，轉身就走；這時候，從廳堂外面進來一群人，站在前面的是高衙內，富安和陸虞候分別站在他的左右手，後面還有一大堆兵士。

高衙內說：「大膽林沖！竟然敢趁夜裡闖進我家，偷盜寶刀，又跑進這間商議軍事機密的『白虎廳堂』，想要謀刺義父；有人早就密報，說你這兩天老是在門外徘徊，原來打的是這個主意，看你還往那兒逃！」林沖想要分辯，二、三十個士兵早已把林沖捉了起來，押到高太尉的面前去了。

第四回　風雪夜晚林沖報仇

高太尉平常非常放縱義子高衙內，使得高衙內更加大膽的胡作非為。這一次陷害林沖的陰謀，高衙內早就稟告過高太尉，所以當林沖被押到高太尉的面前時，太尉命令左右手下將林沖推去外面斬首。

幾個手下平常和林沖交情不錯，明明知道林沖是被陷害的，卻不能當著高太尉的面前揭發出來，所以只得全部跪下來，請求高太尉免除林沖的死刑。高太尉自己也感到心虛，所以就下令免除林沖的死刑，充軍滄州做

充軍：把罪犯發配在軍隊或官辦的工作、生產單位服勞役。
滄州：在今河北省滄縣。

枷鎖：古代的兩種刑具，即木枷和鐵鎖。
膿瘡：皮膚腫起腐爛流出的液體。

苦力。

於是林沖的屁股、腳板被打了三千板，鮮血淋漓。第二天就由兩個牢頭薛霸和董超押解送往滄州。

林沖的手腳都套上枷鎖，屁股、腳底又長了膿瘡，走起路來十分疼痛。走了半天時間，林沖實在走不動了，看見前面有一大片樹林，就要求兩個牢頭到前面樹林裡休息一下。董超說：「走了半天，還走不到十里路，這滄州不知道什麼時候才走得到？」薛霸向董超使了個眼色說：「我也走不動了，還是去林子裡休息一下吧。」

三個人走進樹林，林沖找到一個大樹下，倒頭就想要睡覺。兩個牢頭把他拉起來說：「我們也要睡一覺，所以必須用繩子把你和樹綁牢，免得你逃跑了。」說著，就把林沖綁在樹旁；忽然兩個牢頭拔出亮晃晃的大刀對著林沖說：「我們兄弟平常聽說林武師做人正義，喜好打抱不平，所以對你很敬仰。可是昨天晚上有個叫做陸虞候的來找我們，傳達高太尉的命令，要我們在這樹林裡殺死你，然後回去報告。不是我們兄弟和你有仇，只是上司的命令，我們也身不由己，所以請你不要怨恨我們。」

林沖看見自己仍然免不了一死，嘆氣說：「我與你們，無冤無仇，而且我又是被陷害的，如果兩位救我一命，我一定會報答的。」董超說：「不要多說了！」兩人拿起大刀就往林沖腦袋砍了下去。

只聽見從樹林背後，「咻」地一聲，飛出一條禪杖，「哐」地一下，把兩把刀震到九霄雲外去了；一個胖大和尚跳了出來，叫說：「明年今天是你們兩人的忌日！」

林沖一看，原來是魯智深，大叫：「哥哥，不要下手，他們兩人也是無辜的，完全是高太尉父子和陸虞候命令他們這樣做的，殺了他們也沒有用的。」魯智深聽了，就停了殺那兩人的念頭，說：「林沖兄弟，俺帶領你逃了吧？」林沖苦笑說：「我充軍滄州，如果努力做苦工，還有翻身洗刷冤屈的機會，如果做了逃亡犯，恐怕以後永遠也洗不清冤情了。」魯智深說：「那麼由洒家護送你去滄州吧！免得這兩個人又動什麼壞念頭。」兩個牢頭雖然萬分不願意，卻又不敢拒絕。

四個人走了二十多天，終於到了滄州，魯智深依依不捨地和林沖話別。兩個牢頭把林沖交給當地軍隊的隊長，也回去京城回報了。由於隊長接受魯智深銀錢的賄賂，就安排林沖去管理放置草料的茅草倉庫，工作不像苦力那麼勞累。

這時正是寒冷的冬天，林沖拿著簡單的行李，到了茅草倉庫，林沖推開兩扇門進去，裡面用茅草隔成七、八間小房間，房間裡全部堆積著馬吃的草料。林沖想到自己曾經是京師八十萬軍隊的教練，今天卻淪落到和草堆為伍，不禁悲從中來，躺在草堆上，久久不能入睡。

不覺過了半個月，這天傍晚，強勁的北風捲起漫天飛雪，林沖在房間的空地上升起一堆火來取暖，那草屋被風吹得搖搖晃晃，火焰也明明滅滅，林沖想到：「恐怕這茅草倉庫禁不起寒冷北風的每夜吹拂，明天如果天氣放晴，先找人來修理一番。」又想著：「這火光明滅不定，不能取暖，還是到二里路上的酒店買些酒回來暖身才是。」想著就拿些碎銀，用花鎗挑起了酒葫蘆，把火炭弄熄，穿上毛氈，關上門，踩著散亂的雪花，往酒店走去，這時大雪正紛飛地下著。

林沖到了酒店，先喝了幾杯酒，吃了些牛肉，又叫店主人裝滿一葫蘆酒，包了兩塊牛肉，仍舊迎著呼呼的北風走回來，那雪還不停地下著。

當林沖走近倉庫一看時，那茅草倉庫早就被紛飛的大雪壓倒了，林沖心想：「離這兒半里路上有個破廟，只有先去那兒暫住一晚，避避風雪，明天再找人幫忙修理草屋吧！」

這間破廟的小殿上，塑造著一尊金甲山神，兩旁一個判官，一個小鬼，蜘蛛網結得很厚，好像很久沒有人來過這裡了。林沖整理出一塊乾淨的地方，把葫蘆的酒倒出來喝了，再吃了幾塊牛肉。忽然聽到不遠的地方有嗶嗶剝剝的響聲，林沖從廟門口看出去，看到放草料的倉庫正燃燒著熊熊大火，在雪光的映照下，更顯得明亮了。

林沖正想跑出去救火，卻聽到有人邊說話邊朝破廟走來，林沖趕忙躲到金甲山神的背後，原來那三個人有一個是軍隊隊長，一個是陸虞候，一個是高衙內的跟班富安。

陸虞候說：「這次多靠隊長幫忙，讓我們順利燒了倉庫，等我們回去稟報太尉，調你回京師做大官去。」隊長說：「還希望陸兄能多美言幾句。」富安接著說：「那一定的，我們公子爺聽到這個消息，心病就好了大半，包管會重重獎賞你的。」陸虞候問說：「只是我們還不能確定林沖真的被燒死了？」富安說：「再等一下，火燒完了，進去撿幾塊骨頭回去交差。」隊長又說：「如果真給林沖逃脫了，那麼燒掉軍隊的草料倉庫，林沖管理失職，也是死罪。」三人一起大笑起來。

林沖忽然從金甲山神後面跳出來，大喝一聲：「該死奸賊。」說著拿起花鎗向前一刺，刺死了隊長。陸虞候和富安嚇得屁滾尿流，富安跑了三步，卻被林沖用花鎗刺中後心口，立刻倒在地上，大氣也沒喘一下了。陸虞候看呆了，只得跪下來說：「林兄弟，饒了我吧！這全是高太尉命令我做的。」林沖睜起那雙像豹子的眼睛罵說：「奸賊，我從小和你結拜，今天你卻為了貪圖富貴，三番兩次陷害我，使我家破人散，受盡痛苦，我若饒你，老天也不饒你。」說著，就掏出懷裡的尖刀，向陸虞候的心窩一刺，挖出了心肝來，鮮血也不斷噴湧出來。

林沖再把三人的頭顱割了下來，將頭髮綁在一起，提起來放在金甲山神前面的供桌上，叩拜說：「多謝神明保佑，使我逃過死劫，還報了冤仇。」祭拜了山神，林沖冒著大雪，趕緊跑走了，這個時候，有很多人正向倉庫的方向跑去，幫忙救火。

林沖殺了陸虞候等三人，許多天來積壓的痛苦除掃淨了，感到非常痛快，又跑到酒店，買了幾葫蘆酒，邊走邊喝起來，那雪下得更猛烈了，不一會兒，林沖就喝光了酒，被北風一吹，站不穩腳跟，倒臥在雪地上。

第五回　林沖加入梁山泊

梁山泊：在今山東省壽張縣東南梁山下。近世河道南移，已經淤積成平地。

當林沖酒醒的時候，卻發現自己躺在一個大院子裡，手腳被繩子緊緊綁著。林沖邊掙扎邊大叫：「什麼人敢把我綁起來？」這個時候，已經天亮了，許多人手上拿了棍棒走過來，一個老長工說：「大家先重重打他，等下員外出來，看他招不招供！」

大家正要打林沖時，忽然有人大聲說：「員外來了。」大家紛紛站到一旁去，林沖看見一個長得龍眉鳳眼，很斯文的中年人走過來。老長工對他說：「昨天晚上抓到一個偷米賊，我們正要他招供。」那人走近林沖，問說：「你叫什麼名字，為什麼要偷米呢？」林沖答說：「我叫林沖，以前是京師八十萬禁軍的總教練，因為得罪高太尉，被陷害流放到這個地方來，我昨天只是喝醉了，沒有偷米，請員外明察。」那人一聽，立刻叫人替林沖鬆綁，請他進到大廳中坐下，說：「柴進早就久仰林教練的大名，今天能夠見到林教練的面，真是太幸運了，那些工人不認識教練，有得罪的地方，還請教練多多包涵。」原來這個叫柴進的人，是個有錢有勢的大地主，附近方圓百里內的莊園都是他的財產，平常為人熱心公益，喜歡結交朋友，人們稱他小旋風柴進。

柴員外立刻叫人準備一桌酒席請林沖坐上座，用來表示道歉的意思。酒席吃到一半，柴進問林沖為什麼事得罪高太尉，又為什麼看起來這麼垂頭喪氣；林沖想到被高衙內陷害的往事，心頭一酸，就將發生在自己身上的事，一五一十地全告訴柴進了。

柴進聽了，沈默半天，才說：「林兄弟，既然你殺了隊長、陸虞候和富安三人，現在死無對證，官府一定認為草料倉庫的火也是你放的了，他們必會懸賞捉拿你，如果林兄弟不嫌棄的話，我倒有一個地方可以讓林兄弟躲避官府的追拿。」林沖說：「還希望柴員外成全，只是不知道是什麼地方？」柴進說：「是山東濟南附近的一個水寨，地名叫作梁山泊，方圓八百多里，易守難攻。現在有三個好漢在那裡做水寨主，坐首位的叫做白衣秀士王倫，第二位的叫做摸著天杜遷，第三位叫做雲裡金剛宋萬，這三個人率領了七、八百個小嘍囉，到處打家劫舍，許多犯下大罪的人，都逃到那裡去躲避。這三個人和我也有交情，我可以寫封信讓你帶去求見他們。」林沖想想說：「也只好這樣了。」

當天晚上，林沖為了躲避官府的追拿，就改變了裝扮，拿了書信，向山東濟南走去；走了十多天，正是隆冬時候，黑雲滿天，北風猛烈，白雪又紛紛地飄了下來。天色漸漸暗了下來，氣溫更低了，林沖遠遠看見前面湖畔有一個酒店，大雪已經蓋滿了整個屋頂。

林沖跑進酒店，拍掉身上的雪，放下行李，向酒保要了兩碗酒和半斤牛肉、半隻嫩雞。林沖吃了些酒菜，身上的寒意去了大半，然後問酒保說：「這裡離梁山泊還有多遠？」酒保說：「這裡離梁山泊還有幾里路，卻都是水路，沒有船是到不了的。」林沖說：「我給你錢，麻煩你幫我雇船來。」酒保說：「下那麼大的雪，又那麼晚了，那裡去找船呢？」

林沖心想：「這該怎麼辦呢？」又喝了幾碗酒，憂愁全都湧了上來，忽然想起：「我林沖以前在京師，也是威風八面的禁軍總教練，沒想到被高俅父子奸賊陷害，坐了牢，文了面，充軍州，又逼得我走投無路，淪落在這大雪夜的小酒店裡，一個人孤伶伶的……」邊想邊掉下淚來。林沖正傷心的時候，忽然一個人從後面捉住林沖肩膀說：「林沖！你好大膽子，犯下大罪，正好捉你去官府領賞！」林沖說：「你說什麼？」那人說：「你就是豹子頭林沖，我在佈告上看過你的畫像，還想抵賴！」林沖這時已經萬念俱灰，就說：「我跟你去吧！」

那人帶林沖走到酒店後面的水亭上，坐了下來說：

「林教練，剛才我只是試探你的，我叫朱貴，是梁山泊派在這酒店把風的，專門注意來往可疑的人。我聽到你問去梁山泊的路，所以特別注意你，不知教練為什麼要上梁山泊山寨。」林沖說：「是柴員外推薦我來的。」朱貴說：「原來是柴大恩人的意思。」當初梁山泊的首領王倫曾經投奔柴進，受到柴進幫助，建立梁山泊，所以梁山泊上下都稱柴進為柴大恩人。於是朱貴立刻答應安排林沖上梁山泊水寨。

第二天一早，朱貴站在水亭上，拿弓箭向對岸蘆葦叢中射去，這是請他們派船來的暗號。不一會兒，從蘆葦叢中划出一條快船來到水亭邊，朱貴和林沖上了船，沒多久，船就划到水寨裡的金沙灘。

朱貴和林沖上了岸，林沖看那水寨，原來是一座大戟：兵器名。合戈矛為一體，既可用以直刺，也可用以橫擊。
弩：用機械發射的弓。力量大可達遠處。

山，上山道路兩旁長滿大樹，半山上有座亭子，那是入山關口，前面擺著刀鎗劍戟，弓弩戈矛，兩旁都是像炮彈一樣的大石頭，已經有小嘍囉先去報告首領了。

兩人通過關口，兩邊飄揚著旗幟號令，又過了兩個關口，才來到山寨門口。林沖看那山寨，四面高山圍繞，中間一大片平地，非常雄闊。

朱貴領著林沖到聚義廳上，拜見三位首領，林沖將柴進寫的信遞給王倫，王倫心想：「我們這個梁山泊多是烏合之眾，沒有幾個真本事的，這個林沖是京師禁軍教練，必有非凡的武藝，恐怕日子久了，他反而會來霸佔我首領的地位，還是想個難題趕他下山才是。」於是王倫對林沖說：「我們梁山泊有個規矩，那就是凡是想加入山寨的人，限定在三天內到山下殺個人，提了人頭上山，表示真心要當強盜。」林沖說：「這並不困難。」

第二天一早，一個小嘍囉帶領林沖下山，把船渡出梁山泊，讓林沖一人在僻靜的小路上等候經過的行人，可是等了一天，卻沒有行人單獨經過，林沖悶悶不樂的回到山寨。

第二天也是一樣的情形。

到了第三天，林沖正在樹林等候，忽然看見一個身材高大，臉上有個青色大胎記的人走了過來，林沖大喜，拿劍跳了過去。那人也不甘示弱，大吼一聲：「不要臉的強盜，看俺來收拾你們！」拿著朴刀上前迎戰林沖。

兩人鬥了十幾回合，不分勝負。這時正是殘雪剛放晴的天氣，小溪旁還結著一層薄冰，岸邊卻翻湧著兩條熱騰騰的殺氣。兩人都睜大眼睛瞪著對方，刀光劍影，你來我往，絲毫都不鬆懈，又打鬥了三十幾回合，仍未分出勝負來。

忽然從樹林裡叫說：「兩位好漢不要鬥了！」兩人一驚，都向後跳開來。王倫領著一群強盜走了出來，王倫說：「真是英雄好漢！這位是咱們山上的弟兄豹子頭林沖，青面漢，你叫什麼名字？」那人答說：「洒家是將門的後代，楊五侯的孫子楊志，從小流落關西，學得一身好武藝，準備進京城投靠親戚。」

王倫心想：「他原來是頂頂大名的青面獸楊志，若是也把楊志留在山寨裡，就可以制衡林沖了。」於是王倫請求楊志加入山寨，大碗喝酒，大塊吃肉，大秤分金銀。楊志卻因為自己是名將後代，不願加入強盜陣營。王倫也沒辦法，只好招待楊志一個晚上。

第二天一早，楊志就往京師趕路去了，林沖也在梁山泊正式成為強盜，排名第四位首領。

第六回　晁蓋、吳用和劉唐的聚會

楊志走了幾天才走到京城，他的親戚看他窮酸樣，也都不肯收留他。楊志在客店住了一陣子，身上錢都用完了，心想只有把身邊的寶刀賣了，得些銀錢，再打算將來該怎麼辦。拿定主意後，楊志就背著刀走到街上，邊走邊喊「賣刀！」「賣刀！」

楊志走沒多少，忽然街上的行人紛紛躲起來，商店也都關起門來，楊志抓住一個路人問是怎麼回事，那人說：「京城最大的流氓沒毛大蟲牛二從前面走來了，趕快躲起來呀！」說著，慌慌張張跑走了。

楊志正要走開，忽然被一個粗黑的大漢子拉住，那人正是牛二。牛二滿嘴蒜臭地問楊志：「喂！身上背的刀要賣多少錢？」楊志說：「祖先傳下來的寶刀，要賣三千兩。」牛二伸出毛茸茸的大手拿住刀說：「我買了！」楊志說：「好！三千兩銀子拿來。」牛二說：「欠著，明天給你。」楊志說：「洒家急需用錢，不能欠帳。」牛二火大了，舉起拳頭向楊志打來，說：「我偏要這口刀，看你能怎樣？」楊志胸膛被打了一拳，非常生氣，搶過那把刀，朝牛二胸膛連刺幾下，紅鮮鮮的血沾滿了刀。楊志愣在那裡，過了一會兒，才向遠遠觀看的人群說：「洒家殺死人了，你們都來帶洒家去官府自首。」

因為牛二是地方上的大流氓，平常作惡多端，造成大名府：在今河北省大名縣。

鄰里很多痛苦。這回楊志算是為地方上除去一個大害蟲，所以旁觀的人群都湧進官府替楊志作證人，說楊志是為了自衛，不小心殺死牛二。結果楊志被免除死刑，充軍北京大名府。這個大名府是北京最有權勢的機構，主管是梁中書，他是京師宰相蔡京的女婿。

梁中書早就聽說青面獸楊志是個武藝高強的人，所以當楊志被押送到大名府時，梁中書特別召見楊志，命令他做軍隊隊長，勉勵他好好為大名府效勞。

時間像流水一樣地過去了，這一天正好是端午節，梁中書與夫人（蔡京的女兒）在花園喝酒，酒喝到一半，夫人對梁中書說：「下個月十五日是父親的生日，相公能有今天的功名富貴，也都是靠父親的幫助，所以應該要表示報答的心意。」梁中書說：「這事我早就考慮到了，我已經準備好價值十萬兩的金銀珠寶，現在還在物色一個可靠的軍官押送去京師，請夫人放心。」夫人說：「從北京到京師，路上聽說有很多綠林強盜，還請相公找個武藝高強的軍官才是。」梁中書說：「我心裡已有適當的人選了。」

沒有幾天，梁中書要運送十萬兩財貨到京師的消息已傳遍附近的城鎮，許多強盜都眼睜睜地準備大幹一票。

這天，山東濟州鄆城縣新上任的縣長召集馬兵主管和步兵主管開會時說：「我新上任不久，就聽說我的轄區裡有個梁山泊水寨，聚集很多盜匪，專門搶劫路過的行人，恐怕他們分佈許多眼線在各個小村鎮裡，你們要常率兵四處巡察，維護地方上的治安。」兩個主管各自領了命令回去辦公。這個馬兵主管留著長長的鬍鬚，人

濟州：在今山東省濟寧縣。

鄆城縣：在今山東省荷澤縣東北，北靠黃河。

稱美髯公朱仝，步兵主管因為跳得很遠，人稱插翅虎雷橫。

　　當天晚上，雷橫就率領二、三十個兵士到東溪村巡查。一行人走到靈官廟前，從殿門看進去，有一個粗黑的大漢，全身光溜溜地睡在供桌上，齁齁的鼾聲使得供桌都會震動。雷橫向士兵說：「縣長說得沒錯，這一定是強盜派出來的眼線了，給我抓起來！」士兵全擁上去，把那大漢綁了起來，雷橫說：「天色晚了，我們去東溪村晁村長家要些點心吃，明天一早再押這賊人回縣城。」這個晁村長人稱托塔天王晁蓋，喜歡玩刀弄鎗，又因為講義氣，結交許多三教九流的朋友，附近村鎮的居民只要遇到困難，都會找他幫忙解決。

　　雷橫等人押著犯人到了晁蓋的家裡，晁蓋正好出去了，管家吩咐僕人先把犯人弔在倉庫裡，然後請大家吃

齁齁：音ㄏㄡ，形容鼻息聲、打鼾聲。

鼾：音，熟睡時的鼻息聲。

酒菜。等到晁蓋回來，雷橫等人都睡著了，管家把事情報告晁蓋知道。晁蓋一個人提著燈籠來到倉庫，推開門進去，看見那被吊著的大漢，一身黑肉，兩條黑魆魆的毛腿，一雙光腳丫來回晃動著；再拿燈籠照那人的臉孔，那人的臉又黑又大，上面有一塊紅色的胎記，還生出一撮黃毛。

晁蓋問說：「漢子，你是那裡人？我怎麼從來沒看過你？」那人說：「我叫劉唐，來這裡投奔晁蓋，和他商量一個發大財的機會。」晁蓋說：「我正是晁蓋，等天亮了，我送雷主管走的時候，你就大叫聲舅舅，我會向雷主管說你是我的外甥，因為四歲的時候就分離了，所以靠臉上的胎記才認得，這樣就可以救你的命了。」劉唐說：「還希望晁義士大力相救。」

魆魆：音ㄒㄩˋㄒㄩˋ，漆黑。

第二天大早，晁蓋和劉唐就演了舅舅相認外甥的戲，騙走了雷橫。晁蓋又從村裡請來一個秀才，因為他的腦子靈活，主意特別多，人稱智多星吳用。晁蓋當著吳用的面前問劉唐說：「你到底有什麼發大財的機會？這裡沒有外人，不妨直說明白了。」劉唐答說：「北京大名府的梁中書最近榨取了十萬兩的金銀珠寶，準備送往京師，當作給他岳父祝壽的賀禮，他們一定會經過附近的村子，這可不是給我們發財的機會嗎？」晁蓋點點頭說：「嗯！這些官府向民間收刮的不義之財，倒是可以搶過來再去救濟貧民。而且我昨天夢見北斗七星墜落在我家屋簷上，斗柄上的一顆小星，化成一道白光消失了，吳先生，這倒底代表什麼意思呢？」吳用想了想說：「這件事情如果只靠我們三個人的力量，恐怕很難成功。晁村長的夢彷彿告訴我們向北方找尋壯士來參加這次的計劃。」晁蓋和劉唐一起問：「要找誰呢？」吳用想了一下，忽然跳了起來說：「有了！有了！我想起三個好朋友來。這三個人是三兄弟，住在梁山泊旁邊的石碣村，平常靠捕魚維持生活，也做些走私的生意。老大叫立地太歲阮小二，老二叫短命二郎阮小五，老三叫活閻羅阮小七。這三個人非常講義氣，若是得到他們的幫助，計劃一定成功。」

晁蓋說：「我也曾經聽過這三個人的名聲，不過還要請吳先生用三寸不爛之舌，說動他們參加。」吳用說：「我現在就到那兒走一趟。」

吳用花了半天時間，就來到石碣村，找到阮小二住的房子，那房子前面有一個枯乾的木樁，上面繫纜著幾隻小漁船，後面的籬笆上掛著一張破魚網，依山傍水，風景十分美麗。吳用叫了一聲：「二哥在家麼？」只看見阮小二從房屋裡走了出來，頭上戴著一頂破頭巾，身上穿著一件舊衣服，光著腳板站在那裡。吳用說：「二哥，好久不見呀！」阮小二看是吳用，連忙上前說：「吳先生，什麼風把您吹來的？」吳用答說：「自從上次和二哥分別，已經過了三年了，我一直在東溪村一個財主家當老師，他要辦個筵席，差遣我來這漁村買十幾條十四、五斤重的金色鯉魚，所以我來找你幫忙。」阮小二笑了笑說：「原來為了這件事，不過好久不見先生了，我們先撐船到對面湖泊的酒家，喝幾杯酒，敘敘舊。」吳用說：「這樣最好，不過我也想見見五郎和七郎，不知道他們在不在家？」阮小二說：「我們一起撐船去找他們吧！」

阮小二解下一隻漁船的纜，扶著吳用上船後，拿著篙一撐，小船就搖搖蕩蕩，向湖泊的中央漂去了。

第七回　黃泥岡上的大搶劫

小船悠悠向前滑行，湖面泛起陣陣漣漪，忽然阮小二手一招說：「小七，有沒有看見小五呢？」吳用順著阮小二的手看去，只見蘆葦叢中搖出一隻小船，那阮小七頭戴一頂破斗笠，看見吳用站在船上，馬上招呼說：「吳先生，好久不見了，怎麼有空到這裡來呢？」小二打斷他的話說：「小七，先找到小五，大家一同到酒家去，邊喝邊聊吧！」小七說：「五哥八成又跑去賭了。」說著，兩條船並行撐著去找阮小五。

划了半個時辰，來到獨木橋邊，只見阮小五正在解小船的纜，準備回家。阮小五光著上身，布衣綁在腰部，胸膛紋著一隻花豹。阮小二叫道：「小五，看是誰來了！」阮小五看到吳用，大叫說：「原來是吳先生，好久不見了！」小七說：「五哥，咱們陪吳先生到水閣那兒喝幾杯吧！」阮小五趕忙撐了船，跟著他們划到湖上的閣樓酒店。

四個人吃喝了一陣，阮小五問說：「先生到這兒來辦事？」小二搶著說：「吳先生現在在一個財主家當老師，來這兒買十幾條重十四、五斤的金色鯉魚，回去辦筵席。」阮小七向吳用說：「若是以前先生要三、五十條這麼大的魚，我們也捕得到，只是現在要捕一條七、八斤重的，都很困難了。」小二說：「不論怎樣，先生從老遠地方來，我們負責捕十幾條七、八斤重的，讓先生帶回去。」吳用說：「買魚的錢我一定照付，只是最好還是能有十四、五斤重的。」三人異口同聲說：「實在有困難，我們石碣村湖面狹小，沒有這麼大的魚。」吳用說：「這裡和梁山泊的湖水相通，為什麼不去那兒捕呢？」阮小二嘆口氣說：「這二年那泊子裡來了一群強盜，霸佔了整個湖區，不准漁人進去捕魚。」

吳用繼續追問說：「為什麼不報告官府，捉拿這群強盜呢？」阮小二說：「以前在官府當官的老爺，最喜歡到鄉下來巡查了。他們一到鄉下，就要老百姓家家戶戶擺出豬羊雞鴨來招待他們，回去的時候，還要搜刮每家每戶的錢財，說是繳保護費，應該的；現在真有強盜在這附近出沒了，他們反而利用各種藉口，不敢到鄉下來捉拿，他們嚇都嚇死了。所以雖然強盜霸佔了梁山泊，害我們不能捕魚，但是也使得官府那些老爺不再到鄉下來搜刮我們的糧食錢財了。」吳用接著說：「既然官兵不敢下鄉捉強盜，他們在水寨生活得很快活囉？」小五說：「他們天不怕地不怕，大秤分金銀，大塊吃肉，大碗喝酒，怎麼不快活？我們三兄弟空有一身本事，卻沒辦法加入他們。」吳用看看時機成熟，就說：「我現在替東溪村晁蓋村長做事，他正好有一個發大財的機會，不知道三位想不想參加一份？」三人異口同聲說：「早就聽說晁村長的大名，只是不知道是什麼發財的機會？」

吳用就把事情原原本本地說出來，並告訴他們這是很危險的事，要他們仔細考慮。三人把手比著脖子說：「這腔熱血只要賣給識貨的！晁村長既然這麼提拔我們，我們一定幫忙到底。」吳用看事情已經辦成了，就和他們約定明天在晁蓋家裡見面，請他們晚上回去準備一下。

第二天晚上，吳用等六個人聚在晁蓋的書房商量搶劫的計畫，只聽見門外有吵鬧的聲音，晁蓋趕快走到外面，生氣地問管家為什麼吵吵鬧鬧，管家指著一個陌生人說：「他來找員外，我照員外的吩咐說您出去了，他不信，硬要闖進來所以發生爭執。」那人哈哈大笑說：「我來找晁村長，告訴他一個十萬兩的買賣，這些人竟然敢擋著財路。」晁蓋一聽，立刻請他進到書房，坐下商量。原來這人名叫公孫勝，也是為了那十萬兩金銀財寶來找晁蓋，晁蓋也請他加入計畫。

吳用說：「村長曾經夢見北斗七星墜落屋頂，今天我們七人在這裡聚會，正好應了天象，這次計謀，一定成功。」公孫勝說：「我已經打聽到這批財寶會從黃泥岡的大路來，這是一個住在黃泥岡東邊十里路安樂村裡的朋友告訴我的。」晁蓋說：「這人消息可靠嗎？」公孫勝說：「這人名叫白日鼠白勝，專門靠打聽消息生活，我對他有恩，他應該不會欺騙我的。」吳用說：「這太巧了，那夢裡北斗上的白光果然應驗了，我們可以用白勝住的安樂村作為基地。然後按照這樣的計畫進行。」吳用小聲地在大家耳邊說出計畫，大家拍手頓足說：「真不愧是智多星，想得出這條妙計來！」

七個人討論完畢，就在供桌前燒了紙錢，叩拜說：「梁中書在北京魚肉百姓，詐得千萬財寶，把人民的血汗錢拿去京師慶祝蔡京生日，這種不義之財，人人都可以使用。今天我們在這裡商議的計謀，如果有人故意洩露出去，一定遭到天誅地滅，請神明作證。」

轉眼六月十五日就近在眼前了，梁中書為了擡舉楊志做大官，就把護送生日禮物去京師的任務交給他，楊志雖然非常不願意，卻也沒有不接受的自由。

楊志挑選了十五個精壯的衛士，都作挑夫的打扮，楊志自己打扮成商人模樣，把金銀財寶分成十五個擔子，裝扮完成，就出發去京師了。一路上走的是山路，天氣又很炎熱，每個人都汗如雨下。

這天，一行人走到了黃泥岡，紅紅的太陽掛在天上，沒有半點雲彩，樹葉也都靜止不動，每個人的頭都漲昏了，一看到土岡的松樹林，也不等楊志的命令，就爭先恐後躲到樹蔭下休息。楊志很生氣，要大家趁著天還沒黑，趕快走過這個土岡，免得晚上讓盜匪有機會下手，可是衛士們只想要休息，沒人服從楊志的命令。楊志拿起藤條就向兵士打去，打了這邊，那邊又睡了下去，打了那邊，這邊又睡了下去，楊志沒有辦法，只有氣呼呼地坐在松樹下。

這個時候，從山坡下又走上了七個人，後面跟著三輛運貨板車。楊志對那些人說話「你們是什麼人？」其中一個長得很斯文的人說：「我們是濠州的商人，運送三車棗子到京師去，聽說路上強盜很多，正擔心著，看到你們人這麼多，如果你們也要去京師，大家可以結伴去，路上也能夠互相照應。」楊志說：「我們不去京師，還是各人走各人的吧！」七個人聽楊志這麼說，也都到樹蔭下休息了。

休息了半天，大家正口渴，忽然看到一個漢子，挑

濠州：在今安徽省懷遠、定遠、鳳陽、嘉山等縣地。

著一擔酒桶，走上山岡來，嘴裡還唱著：

赤日炎炎似火燒，野田禾稻半枯焦。

農夫心內如湯煮，公子王孫把扇搖！

那漢子走上來，對著樹林裡休息的人說：「要喝白酒嗎？」那七個人和腳夫都圍過來，每人喝了幾大碗酒；兵士們心癢癢的，最後也顧不了楊志不准他們隨便吃喝路邊食物的命令，全部圍了上來，爭先恐後地搶剩下的酒，其中一個兵士還特地盛了一碗酒到樹下，請楊志喝，楊志看大家喝了都沒事，也就把酒喝了下去。

原來這個賣酒的人是白勝裝扮的，另外七個人就是晁蓋、吳用、劉唐、公孫勝、阮小二、阮小五和阮小七。因為他們事先吃了解藥，所以喝下的藥酒，並沒有發生效力；至於楊志和那十五個兵士，不一會兒，就一個接一個倒臥在土岡上。

晁蓋等七人把十五擔金銀財寶，分別藏在先前準備好的三輛車上，然後不慌不忙地走下山岡去了。

第八回　何濤率兵捉拿晁蓋等七個人

楊志被迷幻藥酒迷倒後，因為他吃的份量很少，一下就清醒過來了，醒來才發現十萬兩的金銀財寶全部不見了。楊志心想回北京或是去京師，都是死路一條，還不如投靠到梁山泊去，有個安身的地方。正巧楊志在去梁山泊的路上遇到了魯智深，兩人相互通報姓名，結成好兄弟。楊志聽從魯智深的建議，幫他佔領了梁山泊附近二龍山上的強盜窩，從此，楊志和魯智深就在二龍山上當強盜頭子。

那價值十萬兩的財物被搶的消息傳到京師，蔡京非常生氣，下令各州縣的官府，一定要捉拿到強盜，梁中書這邊也派兵搜察，限定十天以內，要有結果。

黃泥岡是屬於濟州管轄的區域，濟州捕頭何濤接到蔡京和梁中書的限期命令，很傷腦筋，眼看十天期限馬上就到了，卻一點線索也沒有。

這天何濤正在家裡和太太面對面嘆氣的時候，何濤的弟弟何清走了進來。何濤說：「你不去賭錢，跑來這裡幹什麼？」那賭徒何清說：「我聽說哥哥正在為抓不到強盜煩惱著，我倒有一條線索，不過要賣二十兩。」何濤的太太趕忙說：「小叔，如果你的線索正確，要五十兩我們也給。」何濤接著說：「如果因你提供線索而破案，我可以升官，你也可以領取破案獎金，發一筆大財，我們兄弟都有好處。」何清說：「幾天前，我因為賭輸錢，就跑到安樂村的一家旅館當夥計，那天來了七個商人打扮的人，後面腳夫推著三輛車子，說是從濠州來的，要推三車棗子到京師去賣。我問他們姓名，其中一個白面書生說，他們全部姓李，可是我卻認識其中一個人，那就是鄆城縣東溪村的村長晁蓋。後來我又看到一個賭徒白勝跑到酒店來，和他們交頭接耳，然後就發生了黃泥岡的事情，所以只要把白勝捉來問問，就可以查明真相了。」

何濤聽了，非常高興，立刻率領士兵到安樂村抓了白勝，押到地牢裡，嚴刑拷打，白勝只得全部招供。

何濤再帶了兩個證人，連夜趕到鄆城縣找縣長，正好縣長下鄉巡察，何濤就找了捕快宋江，請他支援人馬，到東溪村抓晁蓋一夥人。

這個宋江，字公明，排行第三，因為他長得又黑又矮，人們稱他黑宋江；又因為他孝順父母，友愛鄉里，又稱孝義三郎。他的哥哥宋清和父親宋太公住在鄉下，種田生活。因此只有宋江一人住在鄆城縣。自從他做了鄆城縣的捕快，結識許多江湖好漢，也幫助許多四處流浪的人，所以他的聲名漸漸傳播開來，人人都叫他及時雨宋江，把他比成像天上下了一陣及時雨，紓解了旱象，拯救萬物一樣。

當時宋江聽完何濤的命令，大吃一驚，心裡卻想到：「晁蓋與我是結拜兄弟，我若是派人捕捉他到官府來，他必定被判處死刑，這該怎麼辦？」宋江只好先口頭應付何濤說：「這個事情很容易，不過還是要先報告縣長一聲，若是不讓縣長知道，我們就去抓人，縣長會認為我們不把他放在眼裡，這個罪狀，我們可擔待不起，所以請等縣長回來，向他報告後，再去抓人。」何濤只得在官府等待。

宋江立刻從後門騎馬來到了東溪村晁蓋家門口，主管領他進去見了晁蓋，宋江告訴晁蓋情況危急，請他趕快收拾些行李逃走。這個時候，從內室走出三個人，分別是吳用、劉唐和公孫勝，阮家三兄弟已經分得一些錢財，回到石碣村去了。晁蓋向三人介紹說：「他是縣城的捕快宋江，和我是結拜兄弟，現在來通知我們，事情洩露了，官府馬上會派人來捉拿我們。」吳用說：「原來是及時雨宋江，久聞大名，卻一直沒見過面，想不到今天卻在這種情況下見了面。」晁蓋說：「事情很緊急，不能坐下來喝酒聊天了，我們得趕快走才是。」劉唐和公孫勝都看著吳用，等他決定逃到那裡去。吳用說：「我們先去石碣村通知阮家三兄弟，石碣村離梁山泊很近，聽說官兵都不敢捉拿梁山泊上的強盜，我們帶著大批珠寶去投靠他們，請求保護。」晁蓋說：「現在只有這樣辦了！」四個人向宋江道了謝，宋江騎馬趕回縣城，晁蓋也叫僕人收拾好珠寶，一行人慌慌忙忙地準備逃往石碣村去。

宋江回到縣城，何濤正在報告縣長事情的經過。縣長立刻召集馬兵主管雷橫和步兵主管朱仝，命令他們各率一百名士兵，到東溪村圍捕晁蓋。

雷橫和朱仝領了縣長的命令，私下商議分成兩路去圍捕晁蓋，原來這兩人都和晁蓋很好，準備放走晁蓋，卻又不敢讓對方知道自己的心意。當雷橫率領士兵從後面包抄晁蓋的村莊，只看見晁蓋家冒出滾滾黑煙，紅紅的火焰燒得很猛烈，這是晁蓋命令僕人燒的。晁蓋一行人走前面小路，正好遇到朱仝的人馬，公孫勝帶領十幾個僕人上前應敵，朱仝在黑影裡看到晁蓋，大叫：「村長快走！朱仝擔當一切！」

晁蓋率領大家順著朱仝的喊聲走去，朱仝故意讓開一條路讓他們通過，晁蓋說：「救命恩情，以後有機會，加倍報答！」這時士兵追了上來，晁蓋已經走遠了，公孫勝也趁混亂的時候脫身，官兵只捉到幾個僕人。

朱仝和雷橫忙了一陣，卻沒捉到晁蓋，回去報告縣長，縣長非常生氣，和何濤商量，結果決定由何濤率領五百名士兵到石碣村去，把強盜一網打盡。

晁蓋帶領大家投奔石碣村，在路上遇到阮家三兄弟拿著刀棒，正要去東溪村幫忙晁蓋；大家見面，商議先去梁山泊泊外的酒店，找個名叫朱貴的，請他通知梁山泊裡的首領。這個時候，幾個漁夫跑來報告說：「官兵大隊人馬已經向石碣村來了。」晁蓋說：「來的好快呀！我們必須留幾個人殿後，其他人先走。」阮家三兄弟和公孫勝自告奮勇地留下來，晁蓋率領其他人先去酒店找朱貴。

何濤帶領五百名兵士乘坐漁船到了石碣村，忽然聽見蘆葦叢中隱隱傳來的歌聲：

打魚一世蓼兒洼，不種青苗不種麻。

酷吏贓官都殺盡，忠心報答趙官家！

大家聽了，大吃一驚，遠遠看到一條小船慢慢撐了

蓼：音ㄌㄧㄠˇ，又名水蓼，溼地一年生草本植物，莖高約〇．五公尺，葉互生，有柄。

洼：音ㄨㄚˊ，深水池。

酷吏：濫用刑罰，欺壓百姓的官吏。

贓官：貪收錢財的官吏。

蓑衣：用棕櫚皮編成的雨衣。

巡檢：掌管訓練甲兵，維護地方治安的安寧。管轄沿邊、沿江及沿海等要害之地。

出來，有人說：「這就是阮小五！」何濤命令弓箭手發箭，小五「撲地！」一聲，鑽到湖底去了。大家都愣在那裡，不知道該怎麼辦才好。忽然從後面撐出一條小船，站在船頭的人頭戴青斗笠，身穿綠簑衣，正是阮小七，口裡唱著：

老爺生長石碣村，稟性生來要殺人。
先斬何濤巡檢首，京師獻與趙王君！

大家聽了，又吃一驚，何濤下令說：「大家划過去，不要讓他跑了！」大家把船調過頭，拚命划去。小七卻很輕鬆的搖著櫓，消失在蘆葦裡。兵士們把船划到蘆葦叢中，四方白茫茫一片，看不到出路，幾百條船一下就迷失在大片蘆葦中了。何濤派出三條小船去找路，很久都沒有回音，看看天色又暗了，每個人開始擔心起來。

何濤只得選了一條堅固的小船，帶了兩個隨從，自己去找出路。這個時候，太陽已經下山，晚霞滿天飛舞，小船划了很久，才划出蘆葦叢外，何濤看見前面撐來一條船，就問船上的漁夫說：「這裡是什麼地方？」那人說：「我這個村莊叫做斷頭溝，前面沒路了。」說著，用篙去晃動何濤的小船，「撲通！」「撲通！」何濤和隨從都跌到湖裡去了，那個人正是阮小二。

第九回　晁蓋成為粱山泊的新首領

何濤掉下水後，想要抓住船，再爬上去，兩腿被人從水裡往下拉，一直沈到湖底，後來又被拉了上來，何濤吃了不少水，已經有氣無力了，那拖他下去和拉他上船的人是阮小七。何濤看自己躺在阮小二的船上，只得求饒說：「兩位壯士請饒命，我也是吃公家飯，身不由己，可憐我家裡還有八十多歲的老母親，我死了，就沒人奉養她了！」阮小二說：「咱們先把他綁起來再說。」

那些待在蘆葦叢裡的官兵們，等著何濤出去找路，一直等到星星掛滿天空，蟲聲相互唱和，還沒有看到何濤的影子；忽然從背後刮起一陣怪風，順著風勢，射出一支火箭來，那幾百隻船用纜繩綁在一起，集中在蘆葦叢的中央，現在一隻船著了火，加上風勢的幫助，大火迅速蔓延開來，有的人跳到水裡，有的跑到沼澤地上，全身沾著爛泥，許多來不及逃走的士兵，就被火活活燒死了。

幾隻小船從蘆葦深處撐了出來，站在船上的分別是阮小二、阮小五、阮小七、公孫勝和幾個漁夫，何濤被綁成肉粽一樣躺在船板上。阮小二對何濤說：「這次饒了你的性命，只割下一隻耳朵作紀念，回去告訴縣長和州長，我們石碣村阮氏三雄與東溪村的托塔天王晁蓋，都不是好惹的人物，請他不要來討死！不要說是小小的縣長、州長，就連梁中書和蔡京來這裡，我們也讓他身上多長二、三十個透明的窟窿回去！這話你不但要記住，而且要帶到。」說著，就把何濤放到陸地上，幾條船漂了兩下，就消失了。

阮小二等人不一會兒就划到梁山泊外的酒店，和晁蓋等人會合，把抗拒官兵的過程大略說了一遍。這邊朱貴也已經用箭令通知梁山泊的首領知道了。

第二天早上，梁山泊裡派出一條大船，把晁蓋這一群人全部接進水寨裡，王倫站在金沙灘上相迎，後面分別站著杜遷、宋萬和林沖，再後面是一群小嘍囉。雙方互相見面，介紹過了，王倫請他們進入大寨聚義廳裡，擺設酒宴。在喝酒作樂的時候，晁蓋把整個事情從頭到尾地告訴王倫，王倫聽完，呆了半天，心裡想著是另外的事情，心不在焉地應付晁蓋一群人。

吃完酒飯後，大家各自回去休息，晁蓋對吳用說：「我們犯了這麼大的罪，還好王首領肯收留我們，使我們有個避難的地方。」吳用冷笑地說：「我們王倫不見得會收留我們，因為這個人心地狹小，怕晁村長佔了他的位置，所以他在吃飯的時候，心不在焉的應付我們，一點也沒有留我們下來的意思。」晁蓋說：「那該怎麼辦呢？」吳用說：「村長不必著急，我看那個禁軍八十萬總教練林沖，早已經對王倫的欺壓感到不滿了，我們可以私底下找他談談，林沖是個有才能的人，如果他同意，我們可以與他合作，奪取首領的地位。」吳用說完，晁蓋就派劉唐請林沖到自己房裡，商量這件事情。

第二天早上，王倫派小嘍囉請晁蓋等人到聚義廳，主客分別坐下後，一個小嘍囉捧著一個大盤子，裡面放著五個金元寶。王倫對晁蓋說：「感謝晁先生和各位豪傑看得起我們，可惜我們梁山泊是個水淺的地方，容納不下各位，所以準備五個金元寶，給各位作路費，請找更大的山寨安身！」晁蓋說：「我們聽說梁山泊招賢納士，所以特地來投靠，如果王首領有不方便的地方，我們也不勉強；至於五個金元寶，我們也不能收下。」王倫說：「請不要推辭，這是我的一點心意，我們梁山泊是個沒有發展的地方，怕阻礙各位的前途，所以不敢留各位下來。」

話還沒說完，林沖眉毛豎了起來，眼睛瞪得大大的，坐在椅子上，指著王倫說：「我上次來投靠你的時候，你也是用這些理由打發我；今天晁義士等人材來山寨，正好可以增加我們的實力，你為什麼還要推拖，心眼未免太狹小了！」吳用趕快說：「林首領請不要生氣，王首領若是有困難，我們下山就是了，不要破壞你們兄弟間的情份。」林沖說：「這個笑裡藏刀、器度狹窄的人，我不認他做首領！」王倫非常生氣說：「你這個畜生！喝醉了嗎？敢來衝犯我！」

林沖罵說：「你文武都不行，根本沒資格做山寨首領！」吳用說：「不要因為我們，卻傷害山寨的感情，我們還是準備船隻，下山吧！」晁蓋等七個人正要離開，林沖跳起來把桌子一腳踢翻，從衣襟底下拔出亮晃晃的尖刀來，用刀頂在王倫的脖子上。吳用和劉唐假意上前勸阻說：「林首領，有話慢慢說，不要衝動！」晁蓋也附和說：「不要壞了兄弟的義氣！」阮小二跑去拉著杜遷，阮小五拉著宋萬，阮小七拉著朱貴，公孫勝站在小嘍囉前面。

林沖生氣地說：「你這種心地狹窄，忘恩負義的人，留你下來也沒什麼用！」一刀砍下王倫的頭，杜遷、宋萬、朱貴和小嘍囉們都嚇呆了，立刻跪了下來說：「一切聽從林首領的指揮！我們一定服從命令！」晁蓋等人立刻向前扶起杜遷等人。

吳用抓過來一把椅子，請林沖坐下，叫說：「如果有不服氣的人，就像王倫一樣，現在我們推舉林沖做梁山泊的首領。」林沖大叫說：「吳先生說的是什麼話！我今天是看不慣王倫心胸狹小，嫉妒有能力的人，才有殺死王倫的行為，我絕對沒有霸佔首領的念頭！現在王倫已經死了，我們應該推舉一位德高望重的人做首領才是，我看晁義士文武雙全，又講義氣，他應該最適合做梁山泊的首領了。」晁蓋說：「天下那有喧賓奪主的道理呢？我們只是來投奔梁山泊的，不可以坐首領的位子。」林沖拉著晁蓋坐在椅子上，大聲說：「事情已經到了這種地步，誰也不要再多說了，否則王倫就是他的榜樣！」說著，叫杜遷率領小嘍囉上前參拜新的首領，又叫人把王倫的屍體擡出去，在聚義廳擺起酒菜，慶祝晁蓋當新首領。晁蓋順著大家的意思，坐在首領位子，經過一番商定，吳用坐了第二位，底下依次是公孫勝、林沖、劉唐、阮小二、阮小五、阮小七、杜遷、宋萬和朱貴，共十一位首領。

晁蓋馬上下令，把在黃泥岡上搶得的十萬兩財寶，分給各個首領與小嘍囉們，大家都非常高興，殺雞宰鴨，一連吃喝了幾天。從此以後，晁蓋和吳用就在梁山泊一面打家劫舍，一面訓練作戰能力，使得梁山泊愈來愈鞏固了。

過了兩個月，幾個首領在聚義廳上開會，晁蓋說：「我們能有今天這點局面，還是當初宋江捕快與朱仝主管放我們逃走的結果，古人說：『知恩圖報』，現在梁山泊有的是錢，應該拿些錢去報答人家，還有白勝仍然關在大牢裡，必須救他出來。」吳用說：「兄長不必擔心，這件事我會派人處理。」

另一方面，自從濟州捕頭何濤被割掉一隻耳朵，逃回濟州後，州長非常生氣，又命令濟州軍隊隊長黃安率領一千多人進攻梁山泊，結果有的被殺死，有的被活捉，成為梁山泊的強盜，黃安也被關在梁山泊的土牢裡，成為人質，這個消息傳到京師蔡京的耳朵裡，蔡京立刻換了一個新的州長，要他馬上肅清梁山泊的匪徒，新州長十分傷腦筋，不知該怎麼辦才好，只得發公文到鄆城縣，限定他們訓練兵士，準備掃清梁山泊的匪徒。

第十回　宋江殺死閻玉枝

鄆城縣的縣長收到州長的命令後，一方面指示軍隊隊長，加強訓練士兵；一方面找來捕快宋江，要他加強維持地方上的治安。

宋江得了指示，走在大街上，忽然背後有人叫：「宋捕快！」宋江回過頭，原來是王婆子。她指著身後的老太婆說：「這是閻婆，從外地來的，丈夫得重病死了，沒錢下葬，想要把女兒賣給捕快，好買一口棺材。」宋江聽了，立刻借錢給閻婆買棺材、辦喪事，也不要她的女兒做為抵押，閻婆謝了半天，才回去料理喪事。

過了幾天，宋江在街上又遇見王婆，王婆告訴宋江，閻婆和女兒感謝宋江的幫忙，又聽說宋江是個大好人，所以再求她來說媒，宋江說什麼也不肯，可是經不起王婆的一再撮合，也就在縣城西邊租了一間房子，讓閻婆母女居住，自己也偶爾過去一趟。

後來因為宋江事情忙，不常去閻婆母女住的地方，又聽說閻婆的女兒又勾搭上一個小白臉，宋江索興再也不去閻婆家了。

這一天，宋江經過巷口的時候，對面走來一個大漢，那人停下來問宋江：「是宋捕快嗎？」宋江覺得這人很面熟，一時卻想不起來在那裡見過，只得回答：「是！你是那位？」那人說：「這裡說話不方便，我們找個僻靜的地方。」兩人走到一個隱密的地方，那人才說：「小弟名叫劉唐，曾經在晁村長家和宋捕快見過一次面。」宋江想起來，大吃一驚說：「你怎麼敢跑到這裡來？現在各州縣的官兵都在捉拿梁山泊的盜匪呢！」劉唐說：「晁首領自從掌管了梁山泊以後，每天都掛記著捕快，常說要是沒有捕快的通知，我們全都逃不走了。所以特地命令我拿這封信和一百兩黃金到縣裡來謝謝宋捕快。」

宋江說：「這封信我收下了，我的薪水還足夠生活，所以這錢你拿回去，告訴晁首領，你們的好意，宋江心領了。」劉唐說：「如果捕快不收下，小弟回去，一定會被晁首領責怪的！」宋江說：「那麼我寫一封書信，謝謝晁首領的好意，這樣他就不會責怪你了。」於是宋江到酒店借了紙筆，寫了封信交給劉唐，然後目送劉唐的背影消失在月色裡。

宋江送走劉唐以後，一個人踏著月光，隨意在街巷裡巡察。正好經過閻婆母女住的地方，宋江想要閃進另一條街道的時候，被閻婆看見，因為房租還要宋江代付，所以閻婆跑到宋江前面把他拉住說：「宋相公，好久沒來屋裡坐了，我女兒整天都在念著相公呢！今天無論如何一定要進來。」宋江說：「我還有公務要辦，趕快放手！」閻婆說：「我們母女下半輩子的生活都靠宋相公了，請不要聽別人的閒言閒語，只要你進屋裡坐，就知道我的女兒服侍你的心意了。」閻婆假裝受到委屈地哭了起來，還一面拉著宋江往屋裡走。

宋江最怕女人哭哭啼啼的了，不耐煩地說：「婆子！你不要拉拉扯扯，我跟你走就是了。」兩人走進房子裡面，那閻婆向樓上叫說：「玉枝啊！你看是誰來了！」那個玉枝正在等她的小白臉，一聽到母親叫她，以為是小白臉來了，急急忙忙衝下樓，一看是矮黑的宋江，扭頭又跑上樓去了。

閻婆立刻向宋江陪罪，把宋江推上樓去，又把女兒叫出來，告訴她這房租還要靠宋江付，要她好好服侍宋江。玉枝雖然非常不願意，還是假心假意的向宋江撒嬌，那閻婆已經準備好一桌酒菜，端了上來。宋江也知道閻婆和玉枝不是真心誠意對他好，只是看上他的錢，居然想要用他的錢去養小白臉！宋江愈想愈不是滋味，酒一杯接一杯地猛喝下去，不一會就喝醉了。

宋江昏昏沈沈睡醒的時候，天已經快亮了。只看見玉枝雙手插著腰，冷笑說：「相公，酒醒啦！」宋江說：

「倒杯茶來！」玉枝笑說：「我常常聽人說：『吊桶掉落在井裡面』，想不到也有『井掉落在吊桶裡面』的時候。」宋江說：「你在胡說些什麼？還不趕快倒茶來！」玉枝說：「不要裝迷糊了，一百兩黃金拿出來，否則我到官府告你私通梁山泊的強盜！」宋江大吃一驚，往懷裡一摸，那封晁蓋給他的信不見了。

宋江說：「不要大聲喊叫，有話慢慢說嘛！」玉枝又冷笑說：「可以！你只要答應我三件事情，我就不會去告發你。」宋江說：「三十件事情我也答應。」玉枝說：「第一，以後不准你來這房子裡，我和誰在一起，你也沒有權利管。第二，我頭上戴的、身上穿的、家裡用的，都是你的開支，每月要按時拿錢來。第三，那梁山泊晁蓋給你的一百兩黃金交給我！」宋江苦笑說：「前兩件事情都沒問題，只是這第三件很難做到，因為我把那一百兩黃金退還給他了。」玉枝說：「你騙我三歲小孩子嗎？俗語說：『替公家辦事的人，看見錢，就像是蚊子看見血一樣。』那有到手的錢又退還回去的道理呢？我可沒有聽說到了閻羅王的面前，還有再回到陽間的鬼！快拿出來！」

宋江說：「你也知道我是老實人，好吧！你給我三天期限，我把家產賣了，湊出錢給你。」玉枝說：「沒有那麼便宜事，要麼一手交錢一手交信，要麼你去跟官老爺講吧！」宋江聽到「官老爺」，一股無名火竄了起來，說：「你還不還信？」玉枝說：「不還！我在縣長面前還你。」

宋江一手把玉枝抱過來，一手扯破她的上衣，信掉落在地上，宋江伸手去撿，那玉枝拚命咬住宋江的手，又踢又打，宋江從床頭拾起短刀，玉枝大叫：「黑三郎殺人囉！」，正要叫出第二聲，宋江早已一刀從脖子劃了下去，鮮血噴了出來，染紅了整片蚊帳，宋江怕她再喊叫，又砍一刀，那顆頭滾落在枕頭上，宋江撿起地上的信，整理一下衣服，安靜地走下樓，從後門跑走了。

那個閻婆在樓下睡得正甜，忽然聽見樓上喊叫的聲音，披上衣服去看的時候，看到玉枝血淋淋的頭倒在枕頭上，嚇得大叫起來，左鄰右舍都趕過來看，立刻把宋江殺人的事告到官府去了。

縣長接到報案，瞭解大致的情況，就派朱仝和雷橫去鄉下宋江的老家查問。朱仝和宋江本來是好朋友，又因為自己也和晁蓋私通，所以決定放走宋江。朱仝和雷橫來到宋太公家裡，雷橫帶人前後搜了一遍，沒有搜到，朱仝說：「你們守住門口，我再進去檢查一次。」

朱仝走到後面佛堂裡，爬到供桌底下，掀起一片石板，鑽進地窖裡。宋江看見朱仝來了，大吃一驚。朱仝說：「公明哥哥，曾經我們在一起喝酒的時候，你告訴我你家佛堂底下有個地窖，是做為緊急避難的地方，我就把它記在心裡面。這次縣長派我和雷橫來捉拿你，我想你一定藏在這個地方。我有心放哥哥一馬，只是這裡並不安全，遲早會被人發現的，哥哥是不是有其他的地方可以投奔呢？」宋江想了一下說：「江湖上傳說滄州柴進，柴員外，專門結交天下英雄好漢，而且做人豪爽，很講義氣，我想去投奔他。」朱仝說：「那最好不過了，我上去把他們打發走，哥哥一路上千萬小心。」兩人握手道別，又難分難捨地說了些話。

那天夜裡，宋江就和兄長宋清，告別了老父宋太公，一路往滄州走去，準備投靠小旋風柴進。

第十一回　武松景陽岡上打虎

宋江和宋清兩人到了柴進的莊園，和柴進見了面，宋江把殺死閻玉枝的事告訴柴進，柴進說：「兄長放心，你先在我的村莊躲一躲，以後再作打算。」說著，命令傭人準備房間，安排酒席，為宋江兄弟接風洗塵。接連幾天，柴進都很用心地接待宋江，使宋江感到像是在自己的家裡一樣。

這一天，宋江喝得八分醉，在走廊上撞到一個大個子，那大個子抓住宋江的胸口說：「沒長眼睛嗎？敢來撞我！」旁邊看到的人，趕緊過來勸阻說：「不能沒有禮貌！這位是柴員外最敬重的客人。」那高個說：「我剛來的時候，也是柴員外最尊敬的客人，現在呢？好像沒有我這個人存在似的。反正我也待不下去了，準備去鄆城縣投奔及時雨宋江，柴員外又能把我怎麼樣？」

旁邊的人說：「你要見宋江嗎？正是近在眼前，他就是宋江！」那高個說：「真的嗎？」宋江這時酒已經醒了大半了，趕忙說：「小弟正是宋江，剛才喝醉酒，衝撞哥哥，還請恕罪。」那高個連忙跪在地上說：「我真是沒禮貌，『有眼不識泰山』，還請原諒！」宋江扶他起來說：「敢問尊姓大名？」那人說：「我是清河縣人，姓武名松，排行第二，在這裡作客人，已經有一年的時間了。」宋江說：「原來是武二郎，真是久仰大名！」

清河縣：在今江蘇省淮陰縣。

兩個人像是老朋友一樣，聊了起來。這個武松在清河縣因為和人口角，失手打死那人，所以逃到柴進家避難。起初柴進還很禮遇他，過了些時候，因為武松性情暴烈，又喜歡喝酒打架，所以沒有人喜歡他，柴進雖然沒有趕他走，卻也漸漸招待不周起來。

武松自從認識宋江以後，天天找他喝酒聊天，成了好朋友。又過了半個月，武松因為想念在清河縣的大哥武大郎，就告別了柴進、宋江，準備回去家鄉。雖然柴進一直挽留，可是武松堅持要回去探望哥哥。

宋江送武松走出莊園，走了三、五里路，武松說：「哥哥請回去吧，我回清河縣辦完事情，一定再來看望哥哥。」宋江說：「讓我送你到前面的酒店，喝幾杯酒為你餞行。」兩個人又說了些話，到了酒店，已經是傍陽穀縣：在今山東省聊城縣西南。

晚了。武松喝了幾杯酒，忽然說：「這些天來，都受哥哥照顧，如果不嫌棄，請受我四拜，拜你做義兄。」宋江非常高興，就和武松結拜成兄弟。兩人又喝了些酒，才依依不捨的告別。

武松一連走了十多天，這天下午，他來到陽穀縣的郊外，肚子餓了，口也渴了，正好看到一間酒店，外面掛著一個招牌，上頭寫著「三碗不過岡」五個字。

武松進了酒店，找個位子坐下，店老闆拿過來三碗酒，一雙筷子，一些小菜。武松連喝了三大碗酒後，老闆卻沒再拿酒過來。武松敲著桌子說：「老闆！再拿酒來！」老闆說：「我這家店叫做『三碗不過岡』，如果客人等下要過山岡，我不敢再賣酒給你。」武松說：「我再喝三碗也不會醉，拿酒來！」老闆說：「我這個酒叫做『出門倒』後力很強的。」武松生氣地說：「我又不是不給你酒錢，囉嗦什麼！」老闆看武松生氣了，又拿酒過來。武松連喝了十八碗酒，付了帳，拿起木棍，往山岡走去。

老闆立刻叫住武松說：「最近景陽岡上常有老虎出沒，已經有二、三十個人被吃掉了。官府特地發佈公告說，在還沒有捉到老虎以前，不要獨自過岡，最好結伴同行，免得白白喪失了性命。」武松笑說：「我住在清河縣，這條景陽岡來回也走了二十多趟，也沒出過事，大概是你想賺我的錢，才編出這套謊話嚇我。」說著，提著木棍爬上山岡去。

這個時候，太陽已經下山了，西邊火紅一片，武松乘著酒興，走上半山岡，看見一間破敗的山神廟，門前貼著一張佈告，正是酒店老闆說的老虎出沒吃人的事，武松才知道那老闆沒有騙他，想要轉身下山，又想這樣反而會被恥笑，堂堂男子漢怕什麼呢？於是武松仗著酒膽，繼續爬上山岡。

武松到了高岡，因為酒力發作，身體不斷發熱起來。他把胸膛坦開，搖搖晃晃，走過亂樹林，看見一塊光滑的大石頭，就把棍子放在一旁，正要躺下的時候，忽然颳起一陣狂風，吹得樹葉沙沙地響，竟然從亂樹林裡跳出一隻大老虎來。武松叫聲：「啊呀！」，翻身抓起木棍，閃躲在石頭後面。那隻老虎又餓又渴，兩隻利爪在地上磨了兩下，揚起一些灰塵，老虎蹲下身體，向上一撲，從半空中跳到武松面前，武松嚇得酒都化成冷汗冒出來。

武松身體一閃，閃到老虎背後，老虎用尾巴去捲武松，武松退了兩大步，沒被老虎捲到，武松看那隻老虎轉過身體，手中握緊棍子，用盡生平最大的力氣，向虎頭打去，只聽見一聲大響，一棵樹連根帶葉被劈成兩半，原來沒有打中老虎，棍子卻折斷成兩半了。

那老虎大吼一聲，撲了過來，武松向後一跳，跳了十步遠，老虎從半空中跳下來，正好落在武松面前，武松毫不考慮，就把半根棍子丟在一旁，雙手用力抓住老虎頭頂的肥肉，一直往地上按下去。

老虎拚命地掙扎，武松怎麼敢放開手，他不斷用腳去踢老虎的眼睛，老虎痛得大吼起來，兩隻利爪不斷在地上亂抓，抓出一個大土坑來。武松把虎頭一直按到土坑裡面，空出右拳，拚命向老虎頭打去，每一拳都像鐵鎚一樣，打了六、七十拳，老虎的眼睛、鼻子、嘴巴和耳朵不斷地流出鮮血來，老虎漸漸不動了，只剩下嘴巴還在喘著氣。

武松再從地下撿起半根棍子，朝老虎身上又亂打一陣子，看見老虎不再喘氣了，武松才丟了棍子，頹坐在地上，心裡想著：「我把這隻死老虎拖下山岡，到官府領賞！」於是武松站起來，用沾滿鮮血的雙手去拖老虎，還沒用力，手腳就軟了，原來武松已經耗盡了氣力，只有坐在石頭上喘氣休息。

看看天愈來愈黑了，武松想著，如果再跳出一隻老虎來，那裡還有力氣再打它呢？於是武松決定先下山岡，明天再上來拖死老虎。武松站了起來，一步一步慢慢走下山岡，走不到半里路，山風吹了過來，順著風勢，從草堆裡面鑽出兩隻老虎來，武松大叫：「我完了！」那兩隻老虎在黑影中站立起來。

武松大吃一驚，原來是兩個裝扮成老虎的獵人，武松告訴他們老虎已經被他打死了，獵人們不相信，武松就帶他們上山岡看，他們才相信。馬上跑下山岡告訴村民，大家都跑上來看，有的人稱讚武松的力氣，有的人研究老虎怎麼被打死的，有的人咒罵老虎罪有應得。

大家合力把老虎擡下山岡，已經有人把消息傳到陽穀縣官府裡面了。第二天一大早，縣長就派人擡轎子來接武松到官府領賞，縣民們紛紛圍在道路兩旁，想要看看景陽岡上的打虎英雄長得什麼模樣。當那隻死老虎擡過大家面前的時候，每個人都拍手叫好，武松的名聲一下就傳遍了整個城鎮。

縣長熱心地接待武松，聽他詳細講述打死老虎的過程，然後頒發獎金給他，又請他擔任步兵主管的職位。一連幾天，地方上的人士輪流擺酒席請武松吃飯，慶賀他為鄉民除去一大害。

這天，武松吃完宴席，在縣城裡閒逛，只聽見背後有人叫說：「武主管，今天做了官，就忘了我嗎？」武松回頭一看，叫了一聲：「啊呀！你怎麼會在這裡呢？」

第十二回　武松替武大郎報仇

這個在路上叫住武松的人，正是武松的親哥哥武大郎。武松很高興地問武大，怎麼也來到陽穀縣的。原來在武大住的清河縣，有一個有錢的老員外，想要硬娶家中年輕貌美的侍女潘金蓮，潘金蓮拚命抵抗，老員外一氣之下，就把她送給武大當老婆。這個武大和武松雖然是同一個媽媽生的，卻不像武松生得高大強壯，而是長得矮小醜陋，所以常常有些混混會去武大家裡，糾纏潘金蓮，武大又不敢惹他們，只好搬到陽穀縣來。

武大看見武松，就請他搬出官府，回家一起住，彼此也可以互相照顧。武松和武大一起回到家中，見了潘金蓮，金蓮一面稱讚武松打虎的英勇行為，一面想著：「這個武大長得矮小醜陋，個性又很軟弱，不像武松的高大強壯，原來武松才是我心目中的丈夫。」

於是，潘金蓮常常趁武大不在家的時候，故意找機會接近武松，武松心裡也漸漸明白了，有一次就當面指責嫂嫂輕浮的行為，使得潘金蓮既羞愧又怨恨，就常常把悶氣出在武大身上。

時間過得很快，又一個多月過去了，這一天武松接到縣長的命令，要他護送一些金銀財寶到京城去，給縣長的父母做生活費。武松交代哥哥，要他小心地過活，如果受別人欺負，先暫時忍耐，等他回來再說，武松辭別哥哥就上路了。

自從武松走了以後，潘金蓮愈看武大，愈覺得不順眼，就利用機會勾搭上一個有錢的少爺西門慶，後來事情被武大知道了，武大很生氣地找西門慶理論，卻被西門慶打成重傷，每天躺在家裡休養。

這一天，西門慶又來找潘金蓮說：「我們的事情遲早會被別人知道，而且我又把武大打成重傷，等那個打虎英雄武松回來，他絕對不會放過我的，所以現在只有一個辦法了。」潘金蓮問說：「什麼辦法？」西門慶說：「我們用毒藥毒死武大，然後放一把火把他燒掉，來個死無對證，等武松回來，也查不到什麼線索，過了些時候，你和我就可以遠走高飛了。」潘金蓮雖然不願意殺死武大，可是一想到武松回來，會找她算帳，更是非常害怕，只有答應西門慶的計畫。

這天晚上，潘金蓮拿著毒藥騙武大喝了下去，武大說：「藥怎麼那麼苦呢？唉呀！我的肚子也疼起來了。」潘金蓮心虛害怕，就用棉被把武大從頭到腳的蒙蓋住，武大大叫：「悶死我了！」卻沒有力氣把被子踢開來。金蓮說：「醫生吩咐過，用棉被蓋住身體，出些汗，病就好了。」金蓮緊緊按住被子四個角，武大掙扎了幾下，就再也不會動了。

金蓮掀起被子一看，那武大咬牙切齒，七孔流血，眼睛瞪得大大的。金蓮嚇得跑下樓去，找來西門慶。西門慶趕快把武大的屍體整理一下，裝成是病死的樣子，然後買了一口棺材，請收屍人何九叔辦理喪事，潘金蓮只是在一旁假哭，鄰居們雖然知道武大死得不明不白，也沒有人願意過問。

西門慶用錢買通何九叔，要他不要驗屍，只要把屍體放到棺材裡面，拿去火葬就好了。何九叔雖然收了西門慶的錢，又怕武松回來問起這件事情，就暗地裡藏了兩塊骨頭做為見證。

又過了四十多天，武松辦完事情，從京師回來，直接到武大住的地方，鄰居們看見武松回來，都暗地說著：「要發生事情了！」武松進了門，看見供桌上立了「亡夫武大郎靈位」的牌子，大吃一驚，馬上找到潘金蓮，問她這是怎麼一回事。潘金蓮哭哭啼啼地說：「自從小叔去京師後，武大忽然生了怪病，吃藥都吃不好，一天晚上，忽然叫肚子痛，就死了！」武松不相信地問：「那屍體呢？」金蓮說：「我一個人無依無靠，還好有個少爺西門慶看我可憐，出面幫忙料理喪事，也不知道小叔什麼時候回來，屍體放了三天，就拿去火化了，到今天都已經快七七四十九天了。」

武松沈默半天，就去找收屍人何九叔。武松把一隻亮晃晃的尖刀插在何九叔面前說：「我雖然魯莽，卻也曉得『冤有頭，債有主』的道理，你只要說實話，告訴我，哥哥是怎麼死的，我就不會傷害你，否則，這刀子可是不長眼睛的！」那何九叔早已經嚇呆了，結結巴巴地說：「那天我去收屍的時候，看見武大指甲發青，嘴唇變紫，面皮呈黃，眼睛凸出，我想這一定是中毒死的，可是西門慶拿些錢給我，又威脅我不可以驗屍，要趕快火化掉，我只好照辦，不過，我卻留下兩塊中毒的骨頭做為見證。」何九叔拿出骨頭和西門慶給他的錢。

賄賂：音ㄏㄨㄟˋ ㄌㄨˋ，有所請託而私贈財物。

武松非常生氣，一狀告到縣長面前，又把證據拿出來，縣長答應為他作主。西門慶知道武松告到官府去了，立刻派人花了許多錢賄賂縣長，縣長第二天就把武松叫來說：「這個證據還不齊全，沒有當場抓到毒死武大的人，不能隨便就冤枉別人。」武松也不說話，就到街上買了兩擔酒，兩個豬頭，一隻雞和一隻鵝，又準備了鮮花素果，拿到武大的家裡，放在靈位前面。

武松又請了住在四邊的鄰居來家裡，要潘金蓮替大家倒酒。大家喝了兩杯酒，武松請一個會寫字的鄰居拿出紙筆，然後從懷裡亮出一把尖刀，鄰居們嚇得臉色都變白了。武松說：「俗語說『冤有頭，債有主』，我武松也是個明白道理的人，今天請大家來，只是要大家做個見證，只要大家不亂動，我不會傷害大家的！」說著，拿著尖刀指著潘金蓮，左手拉住她的頭髮，說：「你給我老實說出來！」潘金蓮嚇得魂都沒有了，只得一一招了出來，她說一句，那鄰居寫一句。潘金蓮說完後，武松對著武大的靈位，掉下眼淚來，說：「哥哥，武松今天為你報仇了！」

金蓮看武松臉色不對，趕緊逃開，卻被武松一把抓住，一刀剖開胸膛，拉出五臟六腑來，然後脖子又「咔嚓！」一刀，割下頭顱，血淋淋地放在供桌上，旁邊的人都嚇傻了，沒有人敢動一下。

武松跳出門外，跑到西門慶家裡，踢開大門，看到西門慶正在喝酒慶祝，武松跳到桌子上，把杯子、盤子全部踢碎，西門慶趕快躲到樓上去，武松跟在後面，西門慶用腳去踢武松，被武松躲過去，武松用雙腳勾住西門慶另一隻腳，叫聲「去！」就把西門慶拋到樓下去，西門慶已經摔得半死了。

武松跳下樓，拔出尖刀，一刀割下西門慶的頭顱，鮮血射了出來。武松把人頭提回武大家，放在供桌上，把一杯冷酒灑在地上，朝靈位拜了幾拜，說：「哥哥，我已經替你殺了姦夫淫婦，請你瞑目，早日昇天吧！」

這個時候，官府已經接到報案，派了幾個捕頭來抓武松，這幾個捕頭平常和武松感情很好，就叫武松趕快逃走。否則縣長收了西門慶的錢，怕武松全部抖了出來，一定會私下殺死武松。武松聽從朋友的勸告，就向城外逃去。

第十三回　武松醉酒痛打蔣門神

武松逃出陽穀縣，一連走了半個多月，這一天走過一個山嶺，看見一個樵夫走過來，武松問他說：「這是什麼地方？」樵夫說：「這個地方是有名的十字坡，前面有個酒店，可以去那裡休息。」武松聽到是十字坡，心裡想到：「這些年在江湖上，曾經聽人說過十字坡酒店的老闆菜園子張青，和他老婆母夜叉孫二娘，兩人專門等路過的行人去酒店，然後用迷魂藥把人迷倒，長得粗壯的人，就切成大塊的，當成黃牛肉賣；長得瘦小的，就切成碎肉，拿去包包子，我可要小心了。」

武松進了酒店，一個女人起身迎接，武松要了一壺酒和一籠包子。武松連喝了三杯酒，站不穩，就昏倒在地上。那女人拍手笑說：「今天這個好貨色，是上等的黃牛肉，又可以賣好價錢了。」正要拿刀去割武松，被武松一個翻身，踢掉屠刀，又被武松抓住雙手，按在地上。

那女人痛得只管求饒，這時一個聲音從後門傳來：「好漢！請不要生氣，有話好說。」武松一看，原來是剛才在路上遇見的樵夫。那人說：「請問好漢的姓名？」武松說：「我行不改名，坐不改姓，名叫武松。」那人說：「原來是景陽岡上的打虎英雄，我們真是『有眼不識泰山』，得罪的地方，還請多多原諒。」

武松放開那個女人，說：「你們大概就是張青和孫二娘吧！」那兩個人點頭說：「是！」武松說：「我早就聽過你們兩位的名聲，所以心裡先有了防備，我剛才只是假裝喝酒，其實我把酒倒在桌子底下了。」張青和孫二娘連連向武松陪罪，重新擺酒菜招待武松。

武松把殺死西門慶和嫂嫂的事說了一遍，張青聽了，說：「武兄弟，你這樣沒有目的的亂走亂逃也不是辦法，如果你願意上山當強盜，我有兩個朋友花和尚魯智深和青面獸楊志，正是二龍山寶珠寺的首領，我可以介紹你去投奔他們。」武松說：「我也聽過這兩個人的大名，還請哥哥成全。」張青立刻寫了一封信交給武松，要他去投靠二龍山。

武松拿著張青的介紹信，一路向二龍山走去。這天武松來到一個熱鬧的城鎮孟州城，看見許多人圍成一圈，中間有一塊五、六百斤重的大石頭，上面寫著說，誰要是能搬起大石頭，賞黃金十兩，有幾個粗壯大漢上前試了試，石頭卻動也不動一下。

武松走到石頭前面，把上半身的衣服脫下來綁在腰上，雙手輕輕一抱，就把那塊大石頭抱了起來，然後又往地下一丟，丟出一個一尺深的洞來；武松走過去，再用右手提起石頭，向空中一拋，拋出一丈高，武松跳起來，接住石頭，把它安安穩穩地放回原地了。

旁邊看的人們，馬上拍手叫好，紛紛地說：「真是天上的大力士下凡了。」武松臉不紅、心不跳、氣不喘地站在那裡，一個員外模樣的人走了上來說：「壯士，真是具有神力啊！不知道你的尊姓大名？」武松說：「這裡講話不方便，是不是可以到別的地方去？」員外說：

「那麼請到家裡坐坐吧！」

武松隨員外到了一座莊園，員外請武松進客廳坐下，說：「我叫做施恩，江湖上的人稱我金眼豹，這城鎮附近的幾間賭場、幾家旅館，都是我開的，本來生意很好的，後來不知道從那裡來了個外地人，因為長得很高大，大家稱他蔣門神，被鎮裡軍隊張隊長請做保鏢。他們不但也在附近開設賭場、旅館，還搶了我的客人。我前幾天去找他們理論，被蔣門神打得頭破血流，所以我才要找個大力士，替我討回公道。」武松說：「這個蔣門神有幾個頭，幾條胳臂？那麼厲害嗎？」施恩說：「他也只有一個頭，兩個胳臂。」武松笑說：「原來他也是個人，我武松平生最喜歡打不明道理的人，員外請放心好了。」

員外一聽他是景陽岡上打虎的武松，馬上擺設最好的宴席招待他。一連幾天，施恩所表現的誠心很讓武松感動，武松也決心替施恩出一口氣。

這天晚上，武松吃飯的時候，一直沒看到僕人端酒上來，武松就向僕人要酒喝，僕人說：「施員外請武大爺今天晚上去找蔣門神算帳，怕武大爺喝醉了，所以吩咐我們不要準備酒。」武松跑去見施恩，說：「今天我幫員外找那個蔣門神算帳，不過員外要答應我一個條件。」施恩說：「只要我做得到的，一定答應。」武松說：「我和員外出城門到蔣門神開的快活林酒店，只要在路上看到一個酒店，員外就請我進去喝三碗酒。」施恩笑說：「從城門到快活林酒店的路上，算算賣酒的人家也有十二、三家，每家喝三碗酒，也有三十五、六碗，我怕你會喝醉了。」武松說：「我只要喝一碗酒，就多一分力氣，喝了十碗酒，就多了十分力氣；我在景陽岡上打死老虎，就是因為喝得爛醉的緣故。」

施恩答應武松的要求，每到一家酒店，就要老闆倒三碗酒來，武松喝了三十幾碗，已經快到快活林了，武松卻沒有一點酒醉的樣子。武松向施恩說：「員外請回去吧，我一個人去就可以了。」施恩說：「武兄弟，千萬不要輕敵啊！」武松笑了笑，說：「如果前面還有酒店，我再進去喝三碗！」

武松又喝了六碗酒，迎著微風走進快活林酒店。雖然只有四、五分醉，卻裝作十分醉了。他拍著桌子大叫：「拿酒來！」店小二趕快端來一壺酒，武松聞了聞，說：「不好！不好！換一壺。」店小二看他喝醉了，又不敢得罪他，就拿另一壺新的酒來。

武松又聞了聞，大叫說：「這酒也不好！趕快拿另一壺來，我就饒你！」店小二很不高興地又換來一壺酒。武松聞了以後，說：「這酒還可以！」連喝了三杯，就問店小二說：「喂！這家酒店的老闆姓什麼？」店小二說：「姓蔣。」武松說：「為什麼不姓李呢？」店小二說：「你喝醉了，回家休息吧！」武松站起來，抱住店小二往空中一丟，丟到大酒桶裡面去了。

這個時候，已經有人通報蔣門神，蔣門神從門口走進來說：「那個人在這裡撒野？」武松說：「是我！」蔣門神看是個醉漢，笑了笑，準備趕他出去。武松卻用兩個拳頭在蔣門神面前晃了晃，轉身就跑，蔣門神非常生氣地追了上去，武松又轉過身來，大腳一踢，踢中蔣門神的小腹，蔣門神痛得在地上打滾。

武松走到蔣門神面前說：「看到這雙拳頭嗎？這就是景陽岡上打虎的拳頭，讓你嚐一嚐！」說著，朝蔣門神頭頂打了兩拳，打得蔣門神跪地求饒。武松說：「要我饒你可以，你只要答應我兩件事。」蔣門神說：「就是二十件也只得答應。」

武松說：「第一，你把從賭場、酒店和旅館搶來的客人全部叫回去施恩開的地方，以後不準再搶他的客人了；第二，你趕快收拾行李，離開這裡，如果再讓我看到你在這兒出現，我會把你打得半死，你知道嗎？」蔣門神知道他是打虎的武松，怎麼敢不聽話呢？

施恩聽說武松打倒了蔣門神，早就派了轎子準備迎接武松回去，而且又擺設好酒菜為武松慶功。於是，武松就在施家莊住了下來，成為施恩最尊敬的客人。

第十四回　武松鴛鴦樓上行兇

武松在施家莊成為最受尊敬的客人，每天就是喝酒玩樂，這一天，他又和施恩喝酒，討論武藝的時候，有三個官府的小兵牽著一匹馬，來到施家莊，說：「那一個是打虎英雄武松，我們張隊長想請他到隊裡一趟。」

施恩對武松說：「這個張隊長就是蔣門神幕後的老闆，他一定不懷好意的。」武松卻爽快地說：「他既然請我去，躲他也不是辦法，我去看看他敢把我怎麼樣？」

武松跟隨士兵來到軍隊，見了張隊長。隊長說：「我知道你是個大丈夫、男子漢，我想提拔你，你先跟在我身邊保護我，有機會的話，我就升你做副隊長。」武松心想，老是在施家莊鬼混，也沒有什麼前途，不如接受隊長的好意，得個一官半職的，所以武松馬上爽快地答應了。張隊長就派人去告訴施恩，並且拿回武松的行李。

半個月來，武松跟在張隊長身邊，非常受到寵愛，隊長有什麼事都來和武松商量，使得武松覺得很被看重；隊長又時常拿些財寶送給武松，甚至還要替武松作媒，把身旁服侍自己的美貌丫環玉蘭嫁給武松，使得武松非常感激。

這天半夜，武松正要上床睡覺的時候，忽然聽到後廳張隊長住的地方，響起「捉賊！」的叫聲，武松想到：「隊長這麼愛護我，他房間裡出現盜賊，我怎麼可以不去幫忙？」武松拿著棍棒，跑到後廳去，看見侍女玉蘭慌慌張張地跑過來，說：「一個盜賊跑進後花園了。」

武松趕到後花園，前後找了一遍，沒有看到半個影子，正要回後廳的時候，忽然被人用繩索絆倒在地上，不知從那裡冒出十幾個士兵，叫聲「捉賊！」就用網子將武松罩住，又用麻繩綁住武松的手腳，武松大叫：「是我！」士兵卻不理他，把他押到張隊長面前。

張隊長生氣地罵武松說：「你這個忘恩負義的賊人，我一心想要提拔你，你竟然為了謀奪我的財產來行刺我！看我怎麼饒了你？」隊長馬上命令士兵去武松房間搜查，結果搜到許多金銀財寶，武松沒辦法辯白，被重打五十大板，血肉模糊地關進大牢裡面。

張隊長已經用錢賄賂了縣長，所以第二天縣長審問武松的時候，叫獄卒拚命地打武松，武松只得招認自己為了錢財去謀刺張隊長，武松被判處充軍，押進大牢。

施恩知道這個消息，就用錢買通獄卒，常常送些吃的給武松，武松也少受到獄卒的刑罰，可是沒幾天，施恩卻不再來了，武松又每天被獄卒打得半死。

充軍邊疆的時候到了，兩個健壯的士兵押送武松去目的地。大約走了兩里路，來到一家酒店，施恩早就在那裡等候武松，他給了士兵一些錢，請求他們讓他單獨和武松談話。施恩交給武松一包行李，說：「這裡面是些錢財，武兄弟就留在路上用，還有一路上千萬要小心防範，那兩個士兵可能隨時會對你下毒手。」施恩又告訴武松他為什麼不再去探監的原因，原來是張隊長再用錢買通知縣和獄卒，不許陌生人去探望武松，想要在獄中就把武松弄死，後來還是施恩暗中用錢保住武松的性命。兩人又說了些話，才流淚分別。

士兵押著武松來到一個渡船頭，一片白茫茫的蘆葦，景色寬闊，路旁豎了一個牌子，寫著「飛雲浦」三個字。忽然從蘆葦中鑽出兩個人，手上拿著亮晃晃的刀，士兵看見這兩個人跳出來，就丟下武松跑走了。那兩個人走近武松，武松立刻飛起身來，把其中一個人踢到水中，另一個拿刀砍過來，武松一閃，又一腳，把他也踢進水裡。

武松用力一扯，就把套在手上的枷鎖扯斷了，那兩個人正要上岸，被武松拖了上來，一人兩拳，打得那兩個人剩下半條命。武松說：「誰派你們來的？」其中一個說：「是張隊長和蔣門神要我們化裝成強盜，在這裡殺死你。」武松說：「張隊長和蔣門神現在在那裡？」

另一個說：「聽說他們在張隊長家裡後花園上的鴛鴦樓喝酒慶功。」武松聽了，把這兩個人綁在樹下，拿著兩把大刀，跑回城中，已經是天黑的時候了。

武松躲躲閃閃地跑到張隊長住的後花園圍牆外面，等了一下，看見一個馬夫從後門走出來，武松從背後抱住他，順手推開後門，閃了進去。武松問馬夫說：「你老實說，張隊長在那裡，我就饒了你！」馬夫說：「他和蔣門神在鴛鴦樓上喝酒。」武松說：「你沒騙我吧？」馬夫說：「我又不是不要命了！」說著，趁武松不注意，掙開武松的手，想要跑走，卻被武松一刀砍成兩半。

這個時候，月光很明亮，武松只有沿著牆角的陰影，慢慢前進。忽然從房間裡，走出兩個丫環，一個手裡提著燈籠，一個拿著酒壺，往鴦鴛樓的方向走去。武松看見其中一個丫環正是那天騙他到後花園捉賊的玉蘭，武松氣憤地跳到玉蘭面前，一刀砍掉玉蘭的頭，另一個丫環嚇得呆站在那裡，武松提起刀再把她也殺了。

月光照在兩個侍女身上，慘白白地非常恐怖，武松躲鴛鴦樓下的樹叢裡，看見樓上喝酒的人正是張隊長和蔣門神。武松看到仇人，怒氣從腳底竄到頭頂，手裡提著刀，身體向上一跳，跳鴛鴦樓，張隊長和蔣門神看見武松，嚇了一大跳。蔣門神轉身想要逃下樓去，卻被武松一刀從頭到腳劈成兩半，張隊長拿起椅子丟向武松，椅子被武松砍成兩段，武松又一刀砍掉隊長的頭顱。

武松趁著明亮的月光，看到桌上有酒有肉，隨手拿起酒壺，咕嚕咕嚕一口氣連喝了三大壺酒，喝完以後，武松撕下張隊長的衣服，沾著血跡，在白色的柱子上寫下：「殺人的是打虎武松！」幾個字，又把桌上幾個珍貴的杯子、碟子放進懷裡，跳下樓來，踏著月光跑走了。

這個時候已經有許多士兵提著燈籠跑過來，找到地上兩個被殺死的丫環，又看鴛鴦樓上慘死的隊長和蔣門神，最後在後門發現馬夫的屍體，兇手武松卻已經逃得無影無蹤了。士兵們馬上報告縣長，縣長派人驗了屍，又請人畫了武松的畫像，寫下武松的生辰日月，到處張貼。這個時候，武松在陽穀縣殺死西門慶和潘金蓮的案子也還沒完結，布告上一起寫下武松犯的兩個殺人案件，把武松列為重大殺人犯，懸賞三百兩銀子捉拿武松。

武松殺了張隊長和蔣門神以後，就往城外逃走，心想現在只有去二龍山投靠魯智深和楊志了，還好張青的介紹信還藏在懷裡。於是武松選擇晚上的山路行走，免得被人發現，白天就找樹上隱密的地方睡覺。後來武松乾脆改變裝扮，化裝成一個道士模樣的行腳僧，使得偶爾遇見他的路人都看不出他是武松。

這個時候已經是秋天了，武松踏著秋月微弱的光芒走到一個土岡上，看見前面有一家酒店，就走進去喝個爛醉，又吃了半隻雞、一斤牛肉，醉醺醺地沿著溪流走著。月光映在溪流裡，閃閃爍爍地晃動著。忽然從土牆後面竄出一條黃狗來，朝著武松一直叫，武松被吵得煩惱了，拔出尖刀，就去刺那黃狗。黃狗沿著小溪邊跑邊叫，武松在後面追著。武松因為酒喝多了，一腳踩不穩，就跌到溪流裡去了，黃狗卻站在岸邊一直叫著。

那溪流有一、二尺深，秋天的溪水寒冷刺骨，武松溼淋淋地想要站起來，卻又昏昏沉沉地醉著酒，站不起來，就隨著溪水一路向前翻滾去了。

第十五回 宋江在清風山和清風寨的遭遇

武松不小心跌到溪流裡，隨著流水沈沈浮浮的，嗆了不少溪水，正在危急的時候，忽然岸邊出現一個人，跳到水裡面，硬把武松拉上岸，武松喘著大氣，瞇著眼看著那個人，高興地大叫：「你不是我哥哥嗎？」原來這個救武松的人正是宋江。宋江仔細看看武松說：「你怎麼會掉到溪裡面去的？你又為什麼打扮成行腳僧的模樣呢？」武松的酒醉已經清醒了，就把和宋江在柴進家分手以後發生的事說了一遍。

宋江說：「你在景陽岡打死老虎的消息我也聽說了，這幾天我經過市鎮的時候，才知道你在陽穀縣殺死一對姦夫淫婦，又在孟州城殺了五個人，現在官府到處在捉拿你，我好為你耽心呢！」武松問宋江：「哥哥怎麼會到這個山郊野外來的？」宋江說：「我有一個好朋友，是鎮守清風寨的武官，人稱小李廣花榮，他寫信到柴員外家，請我到清風寨去避難，所以我就辭別柴員外，一路往清風寨去，真巧在這裡救了你！」宋江看武松被刑罰的傷勢還很嚴重，就建議先在山村旅店住下來，把傷養好再作打算。

過了幾天，武松傷勢也漸漸痊癒了，宋江就請武松和他一起到清風寨，投靠花榮，花榮也是朝廷的武官，

孟州城：在今河南省孟縣南。

可以利用人情關係，使得宋江和武松都不必被官府捉拿。武松卻說：「我的案件太重大了，恐怕會連累哥哥和花寨主，還是哥哥一人去投靠他比較好。我可以拿著張青的介紹信，去投奔二龍山的魯智深和楊志，他們也都犯了大刑案。大家可以互相照應。」宋江聽了，說：「這樣也好，不過你以後要少喝點酒，免得酒後亂性，闖下大禍。還有就是上二龍山做強盜後，如果遇到朝廷招降的機會，你可以勸告魯、楊兩人投降，先為朝廷帶罪立功，再回到社會上好好做人。到了那個時候，我們兄弟又可以見面了。」武松點頭答應了，兩個人又說了些話，才依依不捨的分別，武松一路往二龍山去，投奔了魯智深和楊志。

宋江一個人向清風寨走去，這一天宋江走到了清風山，山上景色非常美麗，宋江忙著欣賞風景，忽然一腳踩到繩索陷阱，整個人被絆住了，繩索上面的銅鈴發出叮叮噹噹的響聲，立刻招來十幾個小嘍囉，其中一個說：「我們把他綁起來，帶到大王面前去，今天晚上又有豐富的人肝、人肉可以吃了。」大家歡呼了一聲。這個清風山的大王是錦毛虎燕順，本來靠賣馬維生，生意倒了，就佔山為王，當起強盜來。

燕順坐在大廳上，看到小嘍囉捉到一個獵物，非常高興，就命令小嘍囉說：「趕快推下去，挖出心肝來，煮湯給我下酒，順便請矮腳虎王英和白面郎君鄭天壽兩位大王來喝酒。」小嘍囉正要拉宋江下去的時候，宋江嘆了口氣說：「只因為我殺了個閻玉枝，老天就要懲罰宋江嗎？」燕順大吃一驚，叫住小嘍囉，問說：「你是宋江嗎？」宋江說：「我就是及時雨宋江！」燕順立刻叫人放開宋江，跪在地上說：「小弟要拿把刀割下自己的眼睛，向壯士陪罪！」宋江扶起燕順說：「這是怎麼一回事？」燕順說：「小弟早就聽說壯士的名聲，如果不是壯士自己說出大名，小弟差一點要成為江湖上的大罪人了。」這個時候，另外兩位首領也到了，燕順要他們拜見宋江，宋江就暫時住在清風山上，成為燕順的貴客。

這一天，宋江聽說山上的小嘍囉殺了幾個士兵，擡回一乘轎子，轎子裡面是一個女人，宋江就走到大廳上看看究竟。這個時候，王英正向燕順要那個女人當老婆，燕順問那女人說：「你是什麼人？為什麼有軍士護衛呢？」那個女人說：「我是清風寨文官劉高的太太，今天是母親忌日，上山掃墓，卻被你們抓來。」宋江心想：「我正要去投靠花榮，這個劉高是花榮的同事，我應該先幫忙他，以後見了面才好說話。」於是宋江就私下要求燕順派小嘍囉送劉夫人下山，燕順也賣給宋江一個面子。

宋江住了幾天，就辭別燕順，到清風寨找花榮，以便幫忙他擺平殺死閻玉枝這件官司。花榮見到宋江，非常高興，並且告訴宋江請他安心住在清風寨。宋江把在清風山救了劉高夫人的事告訴花榮，花榮聽了，說：「兄長救這個女人做甚麼呢？」宋江感到很奇怪，說：「我想劉高和你是同事，幫他一次忙，以後你有困難求他，他應該會還你人情才是。」

花榮說：「兄長若是這樣想，就大錯特錯了。這個劉高心胸非常狹小，本來青州派我和他共同防守清風寨，他卻常常假借我的名義到鄉下詐騙錢財，而且收取賄賂，

青州：在今山東省益都縣。

使得老百姓對我們的印象差透了，這背後都是他老婆教他這麼做的，所以清風寨的職員，對劉高老婆都很痛恨。」宋江說：「何必跟這種小人計較呢？再說大家都是同事，我又是你的好朋友，萬一他發現我見死不救，那麼你的面子也不好看。」花榮說：「兄長說得很對。」兩個人又談了些話，就把這件事忘了。

時光匆匆，又到了元宵佳節，宋江和僕人走到街上看花燈，這邊響起鑼鼓聲，那邊響起鞭炮聲，整個城寨真是熱鬧。大家圍在一起看花燈遊行，宋江也擠進人潮裡面觀看，劉高陪著夫人坐在宋江的對面，劉夫人對劉高說：「那個矮黑的人，是跟清風山上的強盜一夥的，上次我被他們抓去的時候，我見過他。」劉高聽了，馬上派六、七個衛士把宋江抓起來，押回家中，嚴刑逼打；

宋江只招認是他要求燕順放了劉夫人的，劉高說：「你敢編謊話騙我！」劉夫人說：「明明是我說出我的丈夫是清風寨劉寨主，那幫強盜才嚇得趕快放我回來，你居然說這是你的功勞，我看不打你是不會招供的！」劉夫人命令衛士狠狠地打宋江，宋江被打得滿身鮮血，只得招認自己是清風山強盜派下山來，打聽情報的。劉高命令軍士好好看守宋江，等到明天一大早，押送到州府去。

花榮這邊，也已經接到宋江被劉高捉去的消息，花榮就寫了一封信，派親信去劉高家裡，請他放人。劉高看了信，非常生氣，把信撕得粉碎，大罵說：「花榮！你也是朝廷派的武官，竟然敢串通清風山的強盜，還替他們說情！」就把送信人趕了出去。

送信的回去告訴花榮，花榮那裡忍得下這口氣，馬上率領軍士把劉高家團團圍住，花榮拿出弓箭說：「我這一箭要射中門神的嘴巴。」咻地一聲，果然射中了；第二箭花榮說要射中眼睛，也射中了；第三箭要射中額頭上的痣，又射中了。軍士們拍手叫好，劉高家的守衛嚇得報告劉高，劉高問夫人該怎麼辦，劉夫人說：「花榮武功那麼高強，他的人馬又把我們圍住了，如果不答應他放了那個強盜，恐怕他會採取攻擊行動，那個強盜還是會被他救走，我看還是先放人，讓花榮退兵，再作打算。」

劉高命令獄卒將宋江交給花榮，花榮見了宋江，連連陪罪說：「小弟照顧不周到，害兄長受苦了。」宋江說：「劉高害怕你的武功才放了我，他一定不會這樣就算了，我還是先到清風山避開風頭，免得他報告到州府去，反而連累你。」花榮想想也對，只是擔心宋江的傷勢，就派了幾個隨從送宋江去清風山。

劉高的老婆早就想到花榮會送強盜回山，已經安排人馬在半路上等候，結果護衛宋江的隨從全部被殺死，宋江又被劉高捉了去；劉高又連夜派人趕到州府，報告州長說抓到武官花榮串通清風山強盜的證據了。

第十六回　花榮設計活捉秦明

青州州長接到劉高的緊急密告，大吃一驚，馬上派遣青州軍隊統領黃信，連夜趕去清風寨，捉拿花榮。這個黃信外號叫做「鎮三山」，因為他曾經誇口說，要捉光青州轄區內三座山的強盜。這三座山分別是清風山、二龍山和桃花山。

黃信率領兵馬趕到清風寨，見了劉高，劉高就把花榮串通強盜的證據——宋江，交給黃信，黃信問說：「花榮知道你們又把他抓回來了嗎？」劉高說：「還不知道。」

黃信說：「那麼我們可以按照這樣的計畫捉拿花榮。」黃信在劉高的耳邊說了幾句話。

第二天早上，黃信帶了兩個衛士到花榮住的地方，花榮一聽黃信來了，連忙出門迎接，說：「黃統領這次到清風寨辦理公事嗎？」黃信回答說：「州長聽說你和劉高意見不和，怕你們為了小小的意氣耽誤公事，所以特地派我來調解，希望清風寨文武兩位主管能協力為朝廷效勞。」花榮答說：「我們只是有點小誤會，還勞駕黃統領親自跑來，真不好意思，我現在就派人請劉寨主過來。」黃信說：「不！不！你去請他來你這裡，他會以為你和我串通好要陷害他，一定不敢過來，我已經在寨裡的酒樓訂了一桌酒席，我們一起到那兒去吧！」

花榮隨著黃信到了酒樓，沒一會兒，劉高也來了，三個人喝了幾杯酒，說了些客氣話，忽然從四周竄出來十幾名軍士，看到黃信把酒杯向地上一丟，就圍著花榮，花榮想要掙脫，從後面又圍上來十幾名軍士，花榮一看，後面還有好幾圈軍士，花榮說：「這是幹什麼？」黃信笑了笑說：「你勾結清風山的強盜，還是乖乖的跟我走吧！」花榮說：「也該要有證據，不能聽信劉高亂說。」黃信叫人把宋江推上來，說：「這個人就是證據！」

花榮看到宋江，卻已經被打得半死，花榮跑過去說：「表哥，你怎麼會被折磨成這樣？」宋江卻不說半句話。花榮對黃信說：「這個人是我的表哥，你們卻誣賴他是賊，我倒要去州長面前，請他評評理。」黃信說：「我就是奉命綁你去見州長，走吧！」

於是黃信和劉高騎了馬，後面跟隨著兩輛囚車，有兩百多個士兵押送著，一路向青州官府走去。走了二、三十里路，來到一座森林，忽然從森林裡面冒出一夥山賊，站在前面的三個人正是燕順、王英和鄭天壽。一聲令下，小嘍囉們全部衝了上來，士兵那裡是對手呢？黃信看到軍隊被殺得落花流水，也顧不了許多，就一個人逃出重圍去了，劉高當場被刺中心窩，其他沒死的士兵都投降了。燕順親自去囚車上打開繩索，把宋江攙了下來，花榮在混戰中，也掙脫了繩索，跳了下來，一幫人興高采烈地回到山上慶功去了。

黃信一個人逃回清風寨，馬上清點人數，加強防守城寨，又派了一名傳信兵，騎了快馬，去州府報告州長事情的經過，並且請求州長支援。州長聽說黃信任務不但失敗了，清風寨也非常危險的消息，趕快把軍事顧問秦明找來，派他做兵馬總管，前去支援黃信，剷平清風山的山賊。

秦明的性格非常急躁，講話聲音又特別大聲，所以人們替他取了「霹靂火」的外號，秦明率領四百名士兵，不先去清風寨和黃信會合，卻直接圍攻清風山。

山上打聽消息的小嘍囉急急忙忙跑回來，報告說：「州府秦明總管率領四百名軍士，向清風山來了！」燕順也聽過秦明的名聲，不免擔心起來。花榮卻說：「如果壯士信得過我，把兵馬指揮權交給我，我可以擊退敵人。」燕順說：「花寨主是宋公明的好朋友，宋先生是我們最尊敬的人，我們怎麼會不信任你呢？」宋江和花榮都說：「這樣最好不過了。」山上的盜賊們也都想看看花榮的本領。

秦明的兵馬到了山腳下，忽然響起一陣鑼鼓，花榮率領一百多名小嘍囉擋住官兵的去路。秦明看到花榮，大罵說：「花榮！你也是朝廷派守的武官，竟然串通強盜，殺了劉高，你趕快放下武器投降，免得我親自動手殺你。」花榮陪笑說：「秦顧問先不要生氣，我是被劉高陷害到這個地步，不得已躲在清風山，還請顧問回去將事情稟告州長。」秦明說：「你不要囉嗦了！」於是秦明命令軍士進攻。

花榮卻率領小嘍囉往樹林裡跑去，秦明下令追趕，搜遍整座樹林都沒看到半個人影，秦明氣得牙齒都咬碎了。

秦明又命令兵士退回原路去，走沒多久，忽然聽到隊伍後面人馬大聲喊叫，原來有人跌進土坑陷阱裡。這個時候，隊伍秩序大亂，馬匹也不聽指揮。橫衝亂撞的，結果一一跌進花榮所設計的土坑，秦明氣得頭髮都直立起來，卻又控制不了場面，只得率領幾個隨從撤退，走到一條小路上，卻被山賊用繩索絆倒馬匹，秦明勉強想要站起來，又被事先準備好的魚網罩住，活捉到山寨去了。

秦明被綁到山寨的聚義廳上，宋江馬上命令鬆綁，陪著笑臉說：「小嘍囉們有得罪的地方，還請總管原諒。」秦明說：「既然被你們捉來了，隨便你們處置，還假裝客氣幹嘛？」花榮說：「秦總管先別生氣，我們也是不得已的。」秦明指著宋江問花榮說：「他是誰？我卻沒聽說清風山有這麼個人？」花榮說：「他就是宋公明，我與他是好朋友，卻被劉高誣陷說我們是強盜。」秦明連忙拜了下來說：「原來是宋先生，一直聽到你的大名，卻從來沒見過面，還請原諒我剛才不禮貌的地方。」宋江也連忙回禮。

秦明看到宋江受了重傷，就問他原因，宋江把放走晁蓋、殺死閻玉枝，一直到被劉高拷打的經過，從頭對秦明說了。秦明聽完後，說：「那麼這真是誤會了，讓我回去報告州長，證明兄長和花榮不是和這幫山賊一夥的。」花榮說：「劉高已經被我們殺了，而且宋先生和我的性命是清風山燕順等三位壯士救的，州長不一定會相信你的話，我也不願做出有損清風山的事來。」宋江也說：「況且我殺死閻玉枝的官司還沒了結。」燕順趁機說：「秦總管，你率領的四百兵馬，死的死，被捉的被捉，你回去一定會受到州長的軍令處罰，我看還是在我們荒山草寨住下來，大家大碗喝酒，大塊吃肉，大秤分金銀吧？」

秦明說：「朝廷並沒有虧待我，我怎麼可以做出對不起朝廷的事？你們殺了我吧！」花榮說：「我本來也是朝廷派遣的武官，卻被陷害得上山作強盜，我很了解你的心情，既然秦總管不肯加入清風山，我們也不便勉強。」宋江說：「那麼也不急著回去，大家坐下來喝酒，隨便聊聊，明天一早再下山吧！」秦明也就不再堅持了。

第二天一大早，宋江等人送秦明到山腳下，秦明一個人騎馬回青州去了。秦明騎馬走到青州前面的村鎮時，看到幾十家房子全部被燒了，村民也都被殺死；秦明來到青州城門底下，城門卻關得緊緊的，秦明大叫說：「我是秦總管，趕快放下吊橋，讓我進城去。」城上面不但沒有放下吊橋，秦明忽然看到州長站在城門上，大吼說：「秦明，你死定了！」弓箭手站滿了城垛上。

城垛：垛音ㄉㄨㄛˇ，城牆上累積泥土所築成的建築物。

第十七回　清風山強盜投奔梁山泊

秦明看到這種情形，覺得非常奇怪，就大聲問州長說：「這是怎麼一回事？」州長說：「我昨天晚上就聽說你被山賊活捉了，想不到你這麼快就投降了，還放火燒了前面的村子，殺光村民，回去向山賊邀功嗎？」秦明急著說：「我沒有做這些事啊？」州長說：「你還要說謊嗎？我們城樓上的守衛看到殺人放火的，都穿著士兵的制服，旌旗上還寫著『秦』字，你還敢說謊？你一定是騙我們開了城門，好進攻州府的，真是好狠的計策，來呀！射箭！」

秦明趕緊跑開，肩膀卻中了一箭，秦明一直跑到山腳下，才因為流血太多，體力支持不下去，倒在路旁。這個時候，宋江率領山賊從樹林走了出來，立刻替秦明治療，又把他帶回山寨休養。

等到秦明稍微清醒了，宋江說：「請總管原諒！」秦明說：「我應該謝謝兄長救我一命才是，怎麼反而要原諒兄長呢？」宋江說：「我們看總管是一條好漢，想要留你在山寨，你卻堅持不肯，所以我們就趁你昨天喝酒的時候，派王英和鄭天壽率領了四百名小嘍囉，穿上你軍隊士兵的制服，拿著你的軍旗，把青州前面的村莊剷平了，又去青州城門晃了一下，讓士兵看到是你幹的，這樣你就沒辦法回去青州城裡了。」秦明聽了，非常生氣地說：「你們是一片好心，不過手段未免太殘忍了！」花榮說：「只要總管答應留在山寨，就不會發生這種事了。」秦明想到自己現在是跳到黃河也洗不清了，而且宋江和花榮一直誠心對待自己；三個首領雖然是山賊，卻比官府做官的還重感情、講義氣，秦明終於答應留下來。

幾個首領接著又在聚義廳商量攻打清風寨的事情，燕順說：「現在清風寨沒有寨主，只剩下黃信在鎮守，是進攻的好時機。」花榮說：「我曾經是清風寨的武官，和老百姓相處久了，總有感情，不能夠傷害他們。」宋江說：「傳令下去，嚴令不準殺害老百姓！」燕順說：「這個黃信有『鎮三山』的稱呼，恐怕不用武力進攻，他是不會屈服的。」秦明接著說：「大家不要擔心，我出面勸黃信投降，他會聽從我的。因為我曾經救過他的性命，又傳授他的武功，提拔他成為青州軍隊統領，我看由我出面吧！」宋江說：「那最好不過了。」於是秦明一個人去見黃信，告訴他現在清風山的首領是人人敬重的宋江，要他參加清風山的陣營。黃信也曾經聽過宋江的名聲，又因為秦明的苦勸，也答應開城門投降。

秦明和黃信率領城中願意追隨宋江的士兵回到山上，大家又是喝酒慶祝。正高興的時候，忽然山下打聽情報的嘍囉緊急報告說：「州長聽說清風城寨投降，怕青州城也被圍攻，已經派人報告朝廷，朝廷準備發動大軍來征討清風山。」燕順說：「清風山是個小寨，沒有天然的屏障，恐怕不能抵擋軍隊的進攻。」宋江說：「我們只有離開這裡，投奔梁山泊。」秦明說：「我聽說梁山泊水寨面積廣大，而且又有湖泊做天然的屏障，倒是一個好地方。」黃信說：「我們和裡面的晁首領又不熟悉，他會接納我們大批人馬嗎？」宋江聽了，大笑說：「黃統領，請放心！」就把以前放走晁蓋的事說了一遍。於是山寨開始整理行李，編排隊伍，浩浩蕩蕩地向梁山泊前進了。

因為宋江命令全部山賊都穿上官兵的制服裝做要去討伐梁山泊的軍隊，所以並沒有引起人們的懷疑，路上還有老百姓自動拿出食物招待他們。宋江沿路又碰見兩位朋友，一個是小溫侯呂方，一個是賽仁貴郭盛，他們也都加入宋江的隊伍中。

隊伍走到離梁山泊還有四、五十里路的時候，宋江招集各個首領說：「我們這麼多人去投降梁山泊，又穿著官兵的制服，容易讓梁山泊起誤會，還是我和燕順先去那邊講一聲，你們分成三批到達。」大家都說：「就依兄長計畫進行。」於是宋江和燕順換上老百姓的服裝，先去梁山泊了。

宋江和燕順走了兩天，來到一個酒店，就走了進去，一看酒店座位都坐滿了人，剩下一個大桌子上有一個人在喝湯，宋江和燕順走過去，坐了下來，那個人忽然拍著桌子，大叫說：「我在這裡喝酒，你們兩個人來吵個什麼？」燕順聽了，非常生氣，就抓起板凳，裝做要打那個人的姿勢，說：「你給我滾開，不然我打死你！」那個人大吼一聲說：「欺負人也不能欺負到頭頂上，天底下的人我只尊敬兩位，其餘的人都像是腳底下的泥巴，你敢叫我滾開？看招！」那個人伸手去搶燕順手上的板凳，腳還去勾燕順的身體，酒店的客人看到有人要打架，都跑走了。宋江看這個人出手俐落，就上前勸說：「對不起，我們吵了你，請先不要生氣。你說你天底下只尊敬那兩個人？」那個人說：「一個是小旋風柴進柴員外，一個是及時雨宋江宋公明。除了這兩個人以外，我連大宋皇帝都不怕！」

宋江笑說：「這兩個人我都認識，我可以替你引見。」那個人說：「那太好了！我曾經去過宋江住的村莊找他，他的弟弟宋清叫我去清風寨找花榮，又托了我一封信要轉交給宋江。」宋江聽了，非常高興地說：「不瞞你說，我就是及時雨宋江。」那個人馬上跪下拜了拜說：「石勇有眼不識泰山，還請兄長原諒！」宋江把他扶起來說：「原來是石將軍石勇，我弟弟宋清的信呢？」石勇從包袱裡拿出信，交給宋江。

宋江讀完，臉色大變，對燕順和石勇說：「宋清在信上說我父親宋太公生病去世了，等我趕回去替他下葬，我必須連夜回去。」說著，眼淚已經　透信紙了。燕順說：「哥哥請節哀，等我們帶領兄弟上了梁山泊以後，我們再陪哥哥回去奔喪。如果哥哥現在就走了，我們群龍無首，梁山泊一定不會收留我們的。」宋江流著淚說：「若是等全部兄弟上了山，恐怕會耽誤許多時間，我先寫一封給梁山泊首領晁蓋的信，你拿著這封信去求見他，相信他會收留你們的。等我回去料理完家裡的事，再來梁山泊與你們相聚。」說著，就向老闆借了紙筆，寫了信交給燕順，一個人騎上馬，消失在山路的盡頭。

燕順和石勇在酒店住了五、六天，等到三路人馬陸續到齊了，就向大家宣布宋江家裡的事情，並且決定隊伍還是先上梁山泊投奔晁蓋，再作其他打算。六、七百人的隊伍沿著蘆葦叢走到湖泊邊，聽見鑼鼓聲大響，遠遠看過去，梁山泊山插滿各種顏色的軍旗，忽然從蘆葦中划出兩條大船，其中一條上面站了三十多個小嘍囉，船頭坐著一個首領，那是豹子頭林沖；另外一條船上面也站了三十多個小嘍囉，坐在船頭的是赤髮鬼劉唐。

林沖大叫說：「你們是那裡來的官兵，敢來搜捕我們嗎？勸你們趕快回去，免得在這裡喪失了生命！」燕順和秦明大聲回答說：「我們不是官兵，我們從清風山來投靠晁首領的，有及時雨宋公明哥哥的介紹信，請壯士回去通報一聲。」林沖派人去把信拿過來，看了看，就說：「各位壯士，請先去前面朱貴開的酒店休息，我去通報晁首領。」隊伍被引導到朱貴的酒店休息了。

第二天晁蓋派人把隊伍接上梁山泊寨裡，鑼鼓聲大吹大擂，又是殺牛宰豬，好好慶祝了一下。在吃飯的時候，大家安排座次，用來代表在梁山泊的地位。座位順序依次是晁蓋、吳用、公孫勝、林沖、花榮、秦明、劉唐、黃信、阮家三兄弟、燕順、王英、呂方、郭盛、鄭天壽、石勇、杜遷、宋萬、朱貴和白勝（白勝已經越獄逃回梁山泊了），共二十一位首領，梁山泊的勢力更加龐大了。

第十八回　宋江自首，充軍江州

江州：在今江西省都昌、德安二縣以北。

宋江自從離開了山村的酒店，一心只想要趕回家去，走沒有兩天，就到了家門口，宋江走進家門，看見弟弟宋清就大罵他：「當初在柴員外家分手的時候，我要你回家好好照顧父親，替我盡盡孝道，怎麼父親就死了？」宋清還沒來得及回答，宋太公忽然從屏風後面走出來，說：「這不關你兄弟的事，是我太想念你了，所以要宋清編這個謊，騙你回來讓我看看，如果不說我死了，你是不會回來的。」宋江看到父親還健在，非常高興，問父親說：「最近官府還常常派人來家裡找我嗎？」

宋太公說：「這件事情多虧朱仝和雷橫兩人的幫忙，官府的人再也沒來家裡搜捕了。最近聽說朝廷新冊立了皇太子，下了一道命令說，凡是犯了大罪的人，一律減刑一半，用來表示太子的仁德。所以你的官司最多充軍一年，不會判死刑的。」宋江又問說：「朱仝和雷橫最近來過家裡麼？」宋太公說：「他們兩個人已經調差了，他們臨走前，我替你謝過他們了。」宋江沒有看他們一面，覺得很可惜。

宋江在家裡住了兩天，宋太公勸他去官府自首，說：「只要充軍一年半載，就可以回家鄉正正當當的做人了。」宋江考慮了很久，想到上山當強盜也沒有什麼前途，還是父親說的話有道理，於是就去官府自首了。

官府裡面有許多宋江的老同事，大家非常敬重宋江，都想辦法幫他忙，結果宋江被判處充軍江州半年。宋太公和宋清拿銀錢給兩個押送士兵張千和李萬，又叮嚀宋江去江州好好表現，忍耐個半年，就可以重新做人了；千萬不可以加入梁山泊，成為不忠不孝的罪人，宋江都答應了，父子又說了些話，宋江才依依不捨的上路。

這一天，兩個士兵押著宋江經過梁山泊附近的山腳下，從樹林裡閃出一幫強盜，站在最前面的是赤髮鬼劉唐。兩個士兵嚇得跪在地上，劉唐拿起刀就要殺死張千、李萬，宋江說：「等一下！你如果殺了他們，就是害我成為不忠不孝的罪人了。你回去告訴晁蓋，說我到江州服滿刑期後，會上梁山泊看望大家。」劉唐說：「晁首領聽說哥哥被充軍江州，特地命令我在這裡等候，接你到前面樹林裡去，首領和吳軍師等一幫人都在那裡迎接了。請哥哥跟我過去吧！」宋江答應了。

劉唐帶領宋江走進樹林裡，見到晁蓋等首領們，花榮大叫：「怎麼不替哥哥打開手銬？」宋江阻止說：「不行！這代表國家法律，不能打開。」晁蓋和吳用一起說：「自從鄆城縣救了兄弟們，大家一直想找機會報答，梁山泊能有今天，也是哥哥的功勞，請跟我們回山寨吧！」宋江說：「父親宋太公年紀大了，整天為我擔心。前一陣子，為了怕我加入梁山泊，才編出他去世的謊言，騙我回去；這次我臨走的時候，他又千叮嚀萬囑咐，要我不能成為不忠不孝的人，讓他老人家受到屈辱，我實在不能違背他的意思，還請晁首領、吳軍師原諒。」說完，跪拜在地上，幾位首領趕快扶起宋江說：「既然哥哥這麼堅持，那麼請到水泊住兩天，敘敘舊再走吧！」宋江看大家那麼誠心，就答應留下來住兩天。

幾個首領輪流來和宋江敘舊，又勸他留在泊子裡和大家一起享受富貴榮華，宋江堅持不肯，過了兩天，宋江叫兩個士兵收拾行李，準備前往江州，大家送宋江走了二十多里路，看看沒有辦法留住宋江了。吳用說：「既然哥哥要去江州，吳用有個結拜兄弟，在江州牢房做獄長，名叫戴宗，因為他有法術，一天能走八百里路，所以人稱神行太保，哥哥可以拿這封信去求見他，他會照顧你的。」吳用把信交給宋江，宋江一一和大家告別了。

三個人走了半個多月，這一天天色已暗，三個人走到一家酒店吃晚飯，宋江從行李中拿出銀錢，要店老闆端酒菜來。老闆看那個行李重重的，心想一定有很多銀兩，就在酒裡灑了迷魂藥，宋江和兩個士兵喝完酒就昏倒了。老闆打開行李，嚇了一跳說：「我開了這麼多年的酒店，還沒有看過一個囚犯帶那麼多銀錢的，我真是發大財了！」

這個時候，從門外走進來三個人，店老板跑上去，對其中一個人說：「大哥怎麼有空來這裡呢？」那個人說：「我來這裡等候及時雨宋江，聽說他被充軍江州，一定會經過這裡的，你有沒有看到一個長得矮黑的囚犯從這裡經過？」店老闆大吃一驚，告訴那個人說，他剛才用迷魂藥迷倒一個矮黑囚犯和兩個士兵，他們的包袱還有好多銀錢。那個人就和店老闆搜查士兵的身上，果然搜出押送宋江到江州的公文，那人馬上要了解藥，救醒宋江，把事情告訴宋江，並請他原諒。宋江笑著問他們的姓名，那個店老闆叫做催命判官李立，救醒宋江的名叫混江龍李俊，另外兩個人一個叫出洞蛟童威，一個叫翻江蜃童猛。四個人都要求宋江留下來，不要去江州吃苦。宋江又把父親的叮嚀說了一遍。再三感謝他們的好意，然後請他們救醒兩個士兵，第二天早上，就往江州的路走去。

兩個士兵押送宋江到了江州，交給監獄典獄長後，就回去了。典獄長戴宗看宋江包袱重重的都是銀錢，卻不按照慣例賄賂他，非常生氣說：「你這個殺人犯，不曉得要送錢給我的規矩嗎？以後你的麻煩可多的了！」宋江笑說：「我以後麻煩很多，恐怕戴院長現在就有麻煩了！」戴宗說：「你是什麼意思？我聽不懂。」宋江說：「不知道私通梁山泊的吳用吳軍師該判什麼罪？」

戴宗一聽到吳用的名字，愣了一下，宋江說：「戴院長，我是宋江，吳軍師要我交給你一封信。」戴宗說：「哦！原來是及時雨宋公明。」接過那封信，看了內容後，戴宗立刻請宋江去酒樓喝酒，表示熱誠接待的意思。

宋江和戴宗喝得正高興的時候，從樓下走上來一個粗黑高大的壯漢，看見戴宗，叫說：「哥哥在這裡喝酒也不通知我一聲！」宋江說：「這個人是誰？」戴宗回答說：「他是跟在我身邊的一個獄卒，人稱黑旋風李逵，喜歡喝酒打架。」李逵看著宋江問戴宗說：「哥哥，這個矮黑漢子是誰？」戴宗笑說：「他就是你常常說要去投奔他的壯士，怎麼可以叫他矮黑漢子？」李逵說：「你若是及時雨黑宋江，我就跪下來拜你！」宋江說：「我正是黑宋江。」李逵連忙叩拜，宋江拉他起來坐下，又叫了兩壺酒，一斤牛肉。李逵說：「這怎麼夠！店家，拿兩桶酒，切十斤羊肉來。」宋江和戴宗都笑了。

三個人邊吃邊聊，李逵也不用碗喝酒，拿起酒桶對著嘴就灌了下去；也不用筷子夾肉，直接用手撕了就塞進嘴巴，咬了起來，連羊骨頭都咬碎成汁了，李逵吃得滿桌子都是汁水，宋江大叫說：「痛快啊！店家！再拿兩桶酒，五斤牛肉，一碗魚湯下酒。」三人又吃了一陣子。

戴宗喝了幾口魚湯，就叫來店老闆說：「這個魚湯怎麼不新鮮？」店老闆陪著笑臉說：「還請院長原諒，這是昨天的魚，今天的魚還在漁船上，漁主人說要等好價錢才賣。」李逵大叫說：「那有這種道理！我去討兩尾活魚來給哥哥們下酒！」說著，跳下樓去，宋江和戴宗攔都攔不住，李逵已經跑到江岸邊了。

第十九回　潯陽樓上宋江寫下造反詩

李逵跑到江邊，看到八、九十隻漁船平行排開，船頭都繫在綠楊樹下；漁夫有的躺在船上打盹，有的坐在船頭補網，有的跳進水裡游泳。這個時候已經是傍晚了，一輪紅日斜暉照耀波光閃爍，卻沒有漁夫打開船艙賣魚。

李逵跳上一條小船，叫醒正在睡覺的漁夫說：「喂！拿兩條活魚出來賣。」漁夫說：「我們的首領還沒來，不敢隨便就賣魚給客人。」李逵等不耐煩地說：「這是什麼鳥規矩？快拿兩條魚給我！」漁夫說：「沒有首領命令，實在不敢賣魚。」李逵非常生氣，就打爛船艙，想要捉魚，可是那些魚都隨著淡水流到大江裡去了。李逵很著急又跳到另一條船上去，打開攔魚的開關，所有的魚也都撲通撲通，全跳到江裡去了，李逵一條也沒捉到，反而全身沾滿水。

這個時候，七、八十個漁夫都拿著竹篙跑過來，把李逵團團圍住，李逵大吼一聲，就抓住一個向他打來的竹篙，把漁夫踢下江去，又連續搶了五、六隻竹篙，也把漁夫通通踢到水裡，竹篙都被折斷了。漁夫看李逵那麼神勇，都紛紛逃開，跑到自己的船上，解開繩纜，把船划到江的中央去；有的來不及逃跑的，就被李逵捉到，痛打一頓。

李逵打得正過癮的時候，許多漁夫大叫：「首領來了！」那個首領有一身水中游泳的好本領，能夠在水裡潛伏七天七夜，也不浮出水面，人稱浪裡白條張順。他走到李逵面前說：「你這個黑大漢，要買魚嗎？幹嘛打人？」李逵也不回答，抓住張順的頭髮，就用腳踢他，張順被踢了幾下，想要掙脫開來，那裡掙脫得開！李逵又用拳頭打張順，張順已經滿嘴鮮血了。

李逵打得正高興，卻被人從後面抱住腰，回頭一看，原來是宋江。戴宗站在旁邊說：「還不快住手！你若是打死人，是要償命的！」李逵才一鬆手，張順就拚命地逃跑了。宋江說：「沒有活魚湯，酒還是要喝的，走，再喝酒去。」三個人又回到酒樓上喝酒去了。

李逵又連喝了三桶酒，忽然聽到樓下大叫：「千刀萬劍殺死的黑奴才！有種下來！再來決一勝負！」李逵伸頭去看，正是張順在大吼大叫，李逵從窗口跳了下去，張順卻往江邊跑去；李逵緊追在後面，張順故意跑慢一點，然後一跳，跳上一隻小船，李逵差一點就捉到張順，所以也用力一跳，跳到船上去。

張順看李逵跳上船，把船輕輕一盪，船就漂到江水中央去了。張順大笑說：「先讓你喝幾口水！」兩隻腳把船左右一晃，船底朝天，兩個人都跌到江水裡面去了。

宋江和戴宗趕到岸邊，看到黑李逵想要掙扎出水面，卻被白張順壓了下去，一個渾身黑色肌肉，一個全身白色皮膚，黑白扭做一團，顯然黑李逵只有不斷吃水的份了。岸上觀看的人，不斷叫著：「張順！加油！」

宋江一聽到張順的名字，就問戴宗說：「這個賣魚的首領是不是叫做浪裡白條張順？」戴宗說：「是的！」

宋江急著說：「請戴院長叫他們別打了，我有話對張順說。」戴宗就站在岸邊喊張順，要他到岸上來。張順聽到戴宗叫他，就一手拖著李逵，兩腳踏著水浪，跑到江邊來，大家又是一陣喝采，宋江都看呆了。

戴宗說：「大家到酒樓上去聊聊吧！」李逵一到岸邊，就忙得一直吐出喝進肚子裡的水，已經沒有力氣找張順算帳了。四個人上了酒樓，宋江對張順說：「我是及時雨宋江，你哥哥船火兒張橫和我是好朋友，他知道我要來江州，還囑咐我要來找你呢！」張順一聽是宋江，連忙說：「江湖上的人都說兄長講義氣、重情感，我一直都想見見兄長，可惜沒有機會。」戴宗說：「現在不就是機會嗎？只是沒有魚湯下酒。」張順笑說：「這個容易！」就叫船夫去挑選四條大金鯉魚來做魚湯。四個人又吃喝了一陣子，李逵邀張順再去比試武功，張順要求到水裡比，李逵堅持在陸地上比，惹得宋江和戴宗哈哈大笑。

宋江在江州城住了下來，因為和戴宗成了好朋友，所以既不用做苦力，行動又不受到限制，整天就是找戴宗、李逵、張順喝酒。

這一天，宋江又來叫戴宗喝酒，戴宗正好出去辦公事。宋江一人走到城外看江景，不知不覺走到一座城樓，上面有蘇東坡寫的三個大字：「潯陽樓」。宋江心想：「我在家鄉就聽說江州潯陽樓的名氣，今天正好開開眼界。」就上了城樓，聞到一陣酒香，原來這潯陽樓的酒是最有名的了。宋江挑選一個靠江邊的位置坐下來，對著浩壯的江景，連喝了幾杯酒，想起自己到處浪遊的遭遇，心中興起許多感慨，就向店老闆借了紙筆，在白色牆壁上寫了一首詩：

心在山東身在吳，飄蓬江海漫嗟吁。
他時若遂凌雲志，敢笑黃巢不丈夫！

黃巢：唐朝巢州人。販賣私鹽。僖宗年間造反，並且自己稱帝，國號大齊，後來被李克用追討，自刎而死。

宋江寫完，自己又念了一遍，哈哈地笑了起來。忽然背後有人大叫：「給我捉起來！」宋江大吃一驚，回頭一看，卻被四、五個兵士捉住，押到大牢去了。原來江州州長蔡九（他是宰相蔡京的兒子）正好也陪夫人來潯陽樓上欣賞江景，他看到宋江寫在牆壁上的詩，心想：「現在京城方面謠傳有人要造反，朝廷已經下了許多命令要各個州長捉拿反賊，這個傢伙在牆壁上寫的正是造反詩，真是老天爺要我升官了。」於是就命令士兵把宋江押進大牢，親自拷打審問，宋江熬不過重刑的逼打，只有招認：「喝醉酒寫下造反詩。」蔡九馬上找來戴宗，要他一天內趕到京城，報告蔡京關於捉到造反盜賊的事情。

戴宗拿了蔡九的信，收拾行李，做起法術，耳邊響起暴風雨的聲音，腳離開地面，飛行起來，半天時間就到了梁山泊附近，戴宗進了朱貴開的酒店，叫了些點心吃，卻被放了迷魂藥迷倒了。

朱貴翻開戴宗的行李，找些值錢的東西，卻看到蔡九寄給蔡京的信，大吃一驚，趕快通知晁蓋和吳用到酒店來。吳用進了酒店，看到老朋友戴宗躺在地上，馬上叫朱貴調解藥弄醒戴宗，大家一起看那封信，信上寫著：「……現在捉到一個寫造反詩的盜賊宋江，押在大牢，聽候處置……。」吳用問戴宗這是怎麼一回事，戴宗也莫名奇妙，只說一大早蔡九州長就叫他拿這封信趕到京師，交給蔡京丞相，得了回音就趕回江州。戴宗又把宋江到了江州，結識李逵、張順的事也一起說了，表示自己很照顧宋江。

晁蓋說：「現在公明兄長生命危險，我們趕快調拜大批兵馬，進攻江州，救出公明來。」吳用說：「哥哥請先不要著急，這樣做只會打草驚蛇，反而壞了大事。」晁蓋和戴宗都問：「吳軍師有什麼計策嗎？」吳用說：「現在只有將計就計，偽造一封假回信，請戴院長送回去，信上只說：『派遣適當的士兵押送宋江到京城，斬首示眾，才能收到遏阻的效果。』這樣我們可以事先埋伏在梁山泊的四周，等他們押送隊經過的時候，我們就可以救回公明哥哥了。」大家異口同聲說：「真是好妙計！」

吳用立刻找來一個最會偽造文書的人，名叫聖手書生蕭讓，又用許多金銀請了最會製造印章的人，名叫玉臂匠金大堅，在兩個人的合作下，一個晚上就把回信偽造好了，第二天就交給戴宗，讓他拿回去給蔡九州長。

第二十回　宋江加入梁山泊陣營

戴宗拿了偽造的回信，做起法術，就飛了起來，回江州去了。戴宗見了蔡九，把信拿給他看，蔡九反覆看了三遍，大叫說：「來人啊！把戴宗給我捉起來。」兩旁衛士衝上來捉住戴宗，戴宗臉色都變白了。蔡九說：「你這個畜牲，從實給我招來，這封信是從那來的？」戴宗結結巴巴說：「是小人從蔡丞相官府看門的人手中接來的。」蔡九生氣地說：「你這個賊骨頭，不打你，你是不會招認的。哼！我父親寫家信給我，都是叫我的小名，你居然敢偽造信件？給我打！」衛士把戴宗打得皮開肉綻，鮮血噴射出來。戴宗看這情形，要是不招認，會活活被打死，就招說：「小人經過梁山泊的時候，在酒店休息，結果被山賊捉住，搜出錢財信件，山賊就偽造了這封信，要小人拿回來欺騙大人，其餘的事，小人就不知道了。」蔡九冷笑道：「我看是你和梁山泊那幫土匪串通好的吧？來啊！先把人押到大牢去。」

戴宗被押進大牢和宋江關在一起，戴宗把事情的經過告訴宋江，宋江嘆氣說：「老天要我死，誰也救不了了！」蔡九馬上命令文書官公佈布告說，抓到兩名圖謀造反的土匪，一星期後在大街上斬首示眾。又派了一名親信去京師報告蔡京。

梁山泊派遣在江州專門打聽消息的小嘍囉，看到佈告後，馬上用飛鴿傳書報告梁山泊的晁蓋和吳用。晁蓋著急地問吳用該怎麼辦，吳用說：「只有用我們當初搶劫蔡京生日禮物的老辦法了。」

斬首的日子轉眼就到了，宋江和戴宗手上和腳上都銬了重重的枷鎖，被獄卒拖到砍頭的地方，已經有許多人擠在這裡準備看熱鬧了。這個時候，從東邊來了四個乞丐，西邊來了四個賣膏藥的漢子，南邊來了四個挑夫，北邊來了五個商人，都拚命往裡面擠，造成秩序大亂。

法官看衛兵維持不住秩序，行刑的時間又到了，就命令劊子手行動，人群中的一個商人立刻從懷裡拿出一面小鑼，拚命敲打起來，當那群乞丐、賣膏藥的、挑夫和商人向前衝的時候，一個大黑漢子，拿著兩把斧頭，從半空中跳上行刑台，唰地一聲，砍下劊子手的腦袋，旁觀的人都嚇呆了。衛兵都圍了過來，那個黑漢子拚命揮動斧頭，砍掉許多衛兵的腦袋。向前衝過來的商人、乞丐、賣膏藥的、挑夫都拿出武器對抗站在旁邊的衛士，這幫人分別是晁蓋、花榮、黃信、呂方、郭盛、阮小二、阮小五、阮小七、白勝、燕順、劉唐、杜遷、宋萬、朱貴、王矮虎、鄭天壽和石勇等十七個人化裝的。晁蓋跳上行刑台，對黑漢子說：「我是梁山泊首領晁蓋，你大概就是黑旋風李逵了？讓我們先把宋公明和戴院長救離這裡再說。」

李逵叫聲：「好！」就跳下去，殺開一條路來，十七個好漢保護宋江和戴宗，跟在李逵後面，殺出城外，沿著江岸直跑，跑到一座古老破舊的寺廟。李逵滿手、滿身沾滿了鮮血，大叫：「真過癮啊！」晁蓋說：「我從來沒有看過這麼神勇的人！」宋江嘆口氣說：「因為我的遭遇，拖累大家受苦，宋江不知道怎麼報答大家的大恩大德！」一群人又上來勸宋江不要想那麼多了，晁蓋說：「現在最要緊的是趕快脫離這個地方，只是前面是茫茫潯陽江，該怎麼辦呢？」

李逵大叫說：「大不了再殺回去，直殺到蔡九家門前面，把那老賊抓出來，砍了腦袋，那才快活！」戴宗說：「千萬使不得！江州城裡有五、六千的兵馬，再闖進去，等於死路一條！」大家正在傷腦筋不知道該怎麼逃脫的時候，忽然看到江面上有十幾條小船朝寺廟方向划了過來，船上的人手上都拿著亮晃晃的大刀。

宋江叫說：「官兵追來了，宋江身受重傷，逃不遠了，你們大家趕快走吧！」一群好漢卻都搖頭，準備應潯陽江：江名，指長江流經潯陽縣境的一段，在江西省九江縣北。

敵。李逵忽然大叫說：「張順哥哥！我們在這裡，快把船划過來。」原來那十幾條船是張順和他哥哥張橫，帶領一群朋友：李俊、李立、童威、童猛、穆弘、穆春和薛永等人前來支援李逵的。宋江聽到李逵大叫，非常高興說：「老天可憐我，我們終於有救了。」當江州集結了兩千人的兵馬，搜查到寺廟的時候，大家都已經上了船，漂到潯陽江上去了。

這個時候，晁蓋接到吳用飛鴿傳書說，已經派了林沖率領三百個小嘍囉在江州城外接應，於是大家到江州城外的野樹林和林沖會合。林沖向宋江和晁蓋報告說：「林沖已經打聽到蔡九派出守兵四處搜查哥哥們的下落，現在城裡大概只有七、八百名衛士，守備空虛，正是我們進攻的好機會，不知哥哥以為怎麼樣？」李逵大叫說：

「好！我們殺進城去！」晁蓋和宋江商量了一下，決定留兩個人在樹裡保護宋江和戴宗，其他的人分成四個方向，殺進城裡。

李逵跳了起來，第一個衝進城裡，一路殺到蔡九家裡，活捉了蔡九；其他人也都把守備軍打得落花流水，才回到野樹林集合。李逵當著宋江的面前挖出蔡九的心肝來，算是為宋江報仇了。宋江看到蔡九倒在血泊裡，忽然向大家跪了下來，說：「宋江因為不聽各位豪傑的勸告，加入梁山泊陣營，才惹出這麼一場大麻煩來，害得大家為了宋江一個人前後奔忙，現在宋江也沒有地方可以去了，如果梁山泊願意收容我，希望也一起收留其他為我賣命的兄弟。」晁蓋說：「那不成問題的，我們正是求之不得呢！」宋江又向張順等一群人說：「如果你們有不願加入梁山泊的，可以……」話還沒說完，李逵卻搶著說：「都加入！都加入！誰不加入的，先吃我一斧頭！」宋江說：「不許魯莽！」張順、張橫等人都說：「現在也沒有地方可以去了，只要晁首領不嫌棄，我們都加入梁山泊。」晁蓋當然十分高興。

於是一幫人就在野樹林編好隊伍，為了避開官兵的搜查，分成五批人馬回到梁山泊。吳用、公孫勝、秦明三個留守山寨的首領，和蕭讓，金大堅兩個新來的首領，聽到晁蓋等人凱旋回來，都率領山寨的小嘍囉出來迎接，敲鑼打鼓，好不熱鬧，一幫人進了聚義廳，擺設酒席慶祝。吃得正熱鬧的時候，忽然山下酒店傳來消息，說有四個漢子率領三百多個小嘍囉來投奔宋江，這四個人是摩雲金翅歐鵬、神算子蔣敬、鐵笛仙馬麟、九尾龜陶宗

嫌棄：不滿意而放掉。

旺，晁蓋收留了他們，使得梁山泊的勢力又增加了不少。

吃喝完畢，一幫人在聚義廳燃起一爐香，晁蓋請宋江做山寨的首領，坐在第一個位子上，宋江說：「我這條命是各位救的，我感激都來不及，怎麼可以佔住這個位子呢？如果一定要我坐，我情願死！」晁蓋說：「要不是賢弟當初救了我們七個人，我們也不會有今天了。」宋江說：「論年紀，仁兄比我大十歲，我怎麼可以亂了長幼的規矩呢？」經過一陣禮讓，晁蓋坐了第一位，宋江第二位，吳用第三位，公孫勝坐了第四位。

宋江說：「其他的首領也不必分了，新來的人請坐右邊的客位上，原來梁山泊的首領坐在左邊的主位上，以後看誰的貢獻大，再晉升為第五位、第六位首領。」大家都同意了，於是右邊坐了花榮、秦明、黃信、戴宗、李逵、李俊、穆弘、張橫、張順、燕順、呂方、郭盛、蕭讓、王矮虎、薛永、金大堅、穆春、李立、歐鵬、蔣敬、童威、童猛、馬麟、石勇、侯健、鄭天壽、陶宗旺；左邊坐了林沖、劉唐、阮小二、阮小五、阮小七、杜遷、宋萬、朱貴、白勝等人，總共有四十位首領。

第二十一回　九天玄女傳授宋江三卷天書

梁山泊的四十個首領分配好各人的座位後，又擺出酒席，大吃大喝起來。李逵灌了幾桶酒，站起來對著晁蓋和宋江說：「真痛快啊！兩位哥哥，我們有那麼多的兵馬，乾脆起來造反，晁蓋哥哥就做大宋皇帝；宋江哥哥就做小宋皇帝，吳先生做個丞相，公孫道士就做國師，我們都做將軍；殺進京師去，奪了鳥皇位，在皇宮裡就更快活了！」戴宗連忙叫說：「李逵！酒喝多了，不要胡說八道，在這裡一切要聽兩位首領哥哥的話行動，如果你再亂講話，小心我把你的舌頭割下來，用來警告別人。」李逵說：「呵呀，割了舌頭就長不出來了，我喝我的酒，不亂說話就是了。」惹得大家哈哈大笑。

宋江在梁山泊住了三天，因為擔心宋太公和宋清的安危，就向晁蓋報告，請求晁蓋讓他獨自回家接父親和弟弟一同上山住在一起，晁蓋當然答應了。宋江下了山連夜趕路，不久就回到了宋家村，宋江趁著天黑從後門溜進家裡，宋清看到宋江大吃一驚說：「哥哥！你怎麼跑回家來了呢？江州發生的事情，鄆城縣都知道了。官府昨天把父親捉進大牢裡，逼問你的下落，每隔兩個小時就派一、兩百個士兵來家裡搜查，你趕快逃回梁山泊，帶領人馬來救我和父親吧！」宋江聽宋清一說，嚇出一身冷汗，不敢再多停留半分鐘，就跑向回梁山泊的路。朦朧的月光不很明亮，宋江又挑僻靜的小路走，心裡正想到快要脫離危險的時候，忽然看到不遠的地方，有十幾支火把在閃爍著，又聽到一聲大叫：「宋江別逃走！」宋江嚇得向前直跑，一口氣跑了半個小時，跑到一間破廟，宋江不管三七二十一就躲到供桌底下，發抖地說：「我已經走上一條死路了，還請神明保佑！」話還沒說完，就聽到有人叫說：「一定藏在這間破廟裡！」

接著破廟一下子被火把照得明亮起來，士兵在供桌前後搜查了一下，宋江聽到一個人說：「沒有藏在廟裡，再到前面樹林裡搜查看看。」一夥人又匆忙地跑了出去。宋江一顆心發抖地說：「多謝神明保佑，若是宋江大難不死，一定回來重修……」話還沒說完，又聽見幾個士兵在廟門外叫說：「一定藏在這間破廟裡面，你們看這個門上有一個手印，是剛剛才印上去的。」

士兵又衝進廟裡，宋江牙齒上下打顫，心都快跳出嘴巴來了。士兵們說：「剛才忘記搜查供桌底下，一定是藏在那裡了。」大家掀起布幔，用火把一照，忽然從供桌底下捲起一陣怪風，把火把吹熄了。一個士兵說：「大概是神明不高興吧，我們就用刀在底下刺一刺好了。」大家拿起刀的時候，又從供桌底下颳起一陣巨風，把士兵們吹到廟門外的半空中，又重重地把每個人摔得東倒西歪，士兵們嚇得趕快逃跑。

宋江聽到外面一聲慘叫後，馬上又恢復了寧靜，宋江把布幔掀開一看，倒抽了兩口氣，原來那間破廟不知不覺地變成一間金碧輝煌的宮殿。宋江正以為自己在作夢的時候，忽然聞到一陣香氣，接著又看到兩個穿著青色衣服的女孩說：「娘娘請星主出來說話！」宋江像是被這兩個美貌的女孩催眠似地，從供桌下爬了出來，跟在她們後面，走上黃金做成的台階，看到台階上放著一張雕著九條金龍的大牀，牀的兩旁擺滿五顏六色的香花異果，仔細一看，又像是寶石做成的，不斷閃爍著耀眼的光芒。

忽然從牀上金光閃閃的帳幕後面，走出一個貌如天仙的美女，她用細柔的聲音說：「請星主先喝三杯酒。」旁邊的青衣女孩倒了三杯酒過來，宋江接過來喝了下去，覺得從來沒有嚐過這麼美好的味道，整個人像是要飄起來了。那個女人從袖子裡面拿出一疊書稿，交給青衣女孩，說：「宋星主，這裡是三卷天書，你拿回去仔細閱讀，就可以替天行道，為國家、皇帝盡一分力量。因為你還有很重的魔心，所以玉皇大帝還要你受些苦難，相信不久你就可以回來了。」宋江上前從青衣女孩手裡接過來三卷天書，忽然被青衣女孩用力一推，就撞到供桌的桌腳，原來這是一場夢啊！

宋江伸手在懷裡摸了摸，竟然摸到三卷天書，宋江又覺得嘴裡仍然留著仙酒奇異的香味，這一切到底是怎麼回事呢？宋江想了半天，卻想不出道理來。忽然擡頭看到供桌上面的九龍牀上坐著一位神明娘娘，長得和夢中的仙女一模一樣，旁邊刻有「九天玄女娘娘」，宋江跪下拜了三拜，就走出廟門了。

這個時候，烏雲已經散了，明亮的月光照在地面上，宋江正要找路回去梁山泊，忽然從樹林裡跳出一個黑大漢，擋在宋江面前，宋江嚇了一跳，那人卻叫說：「哥哥！原來你躲在這裡，害我們找得好苦啊！」宋江看是李逵，就安心多了。李逵接著說：「晁蓋哥哥不放心哥哥獨自回家，就派出三批人馬跟在後面來接應哥哥，我們已經殺進大牢，救出太公，現在太公和宋清哥哥已經去山上了；吳軍師不放心哥哥，特地叫人四處尋找，我在前面又殺了二、三十個官兵，真過癮啊！」宋江說：「這裡仍然很危險，我們趕快走吧！」

宋江和梁山泊的一群好漢都安全地撤回到梁山泊了，宋江見到宋太公，跪在地上痛哭起來，不知是悲傷還是高興！晁蓋又命令小嘍囉準備酒席，慶賀宋江父子兄弟團圓。梁山泊的第四首領公孫勝，看到宋江一家高高興興的團圓，想到自己的老母親還孤孤單單的住在薊州，

薊州：在今河北省薊州縣。

就向晁蓋報告，也要下山接老母親來山上同住，晁蓋當然也答應了。

大家送公孫勝下山後，李逵忽然大哭起來，宋江連忙問他：「兄弟，你為什麼哭呢？」李逵哭著說：「大家都有爸媽麼！這個去接爸爸，那個去接媽媽，我李逵難道就是從石頭縫中鑽出來的嗎？」晁蓋問李逵說：「李兄弟，你打算怎麼樣呢？」李逵說：「我也有個老媽媽在家裡，哥哥又流浪外地，替人做臨時工，我要把媽媽接來，享受快樂的生活才是！」宋江說：「李兄弟說的很對，不過，如果你要下山接媽媽，為了你的安全，你必須答應我兩件事情，我才准你下山。」李逵問說：「那兩件事？」宋江說：「第一，你回沂水縣的路上，不准喝一口酒；第二，接了母親就趕回山上來，不准在路上停留。」李逵說：「為了接媽媽來住在一起，這兩個條件我都答應了。」於是宋江和晁蓋拿些銀錢給李逵當做路費，要他早去早回。

李逵下山後，宋江很不放心，就派朱貴跟在他後面。這一天李逵已經走到沂水縣城門外，看到一群人圍在一起讀一個公告，李逵擠了進去，聽到一個人念著公告上的字說：「……賊首宋江，是鄆城縣人；從犯戴宗，江州人；從犯李逵，沂水縣人……」忽然一個人從後面拉住李逵說：「張兄弟，你在這裡做什麼？」就把李逵拉到一個僻靜的地方說：「李兄弟，你好大膽！那公告上明明說懸賞一萬兩捉拿宋江，五千兩捉拿戴宗，三千兩捉李逵，你還敢站在那裡！」李逵看是朱貴，就說：「朱兄弟，你來得正好，隨我去前面小酒店喝幾杯吧！好久

沂水縣：在今山東省泰安縣東南。

沒喝酒，嘴都沒有滋味了。」朱貴說：「宋哥哥交代你不准喝酒的。」李逵說：「家都快到了，喝兩杯有什麼關係？」就強拉朱貴去喝了些酒。

兩個人喝了半天酒，朱貴說：「李兄弟，我先回去了，記得接到母親就趕快回山寨去，選擇僻靜的山路走，千萬小心啊！」李逵說：「我知道了！」就和朱貴在酒店分手了。

第二十二回　李逵沂嶺殺四虎

李逵推了門，進到家裡，大叫說：「媽！阿逵回來了！」李逵的媽媽坐在床上念佛，聽到李逵的叫聲，激動的說：「你終於回來了！這幾年你都跑到那裡去了？也不回來看看我，我因為思念你，哭瞎了雙眼，現在什麼都看不見了。」李逵聽了，很難過的說：「阿逵不孝，害媽媽受了那麼多的苦，阿逵現在當了大官，特地來接媽媽同去享福的。」說著就抱起床上的老母親，走出門去，李媽媽問說：「你要抱我去那裡呢？至少也先等我收拾一下行李呀！」李逵說：「兒子現在當了大官，媽媽跟我去就知道了；至於那些家具、衣服也值不了多少錢，以後阿逵給您買新的就是了。」

李逵記得朱貴要他選擇山路行走的話，就抱著媽媽走沂嶺僻靜的小路，走了一個下午，月亮已經掛上松樹頭了。李媽媽說：「阿逵呀！我口好渴，你放我下來，找些水給我喝吧！」李逵說：「休息一下也好，我也有點累了。」就把媽媽放在靠近松樹的大石頭上，自己一個人跳下山壁後面的山澗裡，先喝了幾口水，正想要帶水上去給媽媽喝，卻發現沒有裝水的容器，於是李逵又跳上山崖，準備抱媽媽下去喝水。

李逵來到松樹山石旁邊，卻看不到李媽媽，李逵著急地大叫了幾聲，只聽到自己的聲音在山壁間回響著。

李逵朝著草叢跑去，在草地上看到一團血跡，李逵全身發抖地沿著血跡前進，走到一個大洞口，李逵伸頭進去，看到兩隻小老虎正在舔一條人腿。

李逵大叫一聲：「媽媽！」從背後包袱中拿出兩把斧頭，飛跳進洞裡，兩隻小老虎看到李逵跳進來，馬上要鑽到山縫裡面，卻被李逵一斧頭一個，砍死了兩隻小老虎。這個時候母老虎正大搖大擺地走進洞裡，李逵斧頭砍了過去，母老虎身體一閃，閃開來了，李逵因為太過用力，斧頭砍進泥土裡面去了。

那隻母老虎撲了過來，李逵拔起斧頭就向老虎甩了過去，母老虎慘叫一聲，從半空中摔到地上，血流了滿地。李逵心想：「既然有一隻母老虎和兩隻小老虎，一定還有一隻公老虎。」就拔起插進母老虎額頭的斧頭和撿起地上的另一把斧頭，走出山洞。忽然聽到背前樹葉沙沙地響著，李逵回頭一看，一隻公老虎朝李逵撲來，李逵趕緊向後跳了一步，胸膛卻被老虎的利爪抓傷了，斧頭也掉在地上。

那隻公老虎又向李逵撲過來，這次李逵先有了準備，往左邊一跳，等老虎落到地面上，李逵跳過去，抓住虎頭，用力捶打，大老虎一直掙扎，愈來愈後退，李逵把老虎向前一推，老虎掉到十丈高的山澗底下去了。李逵回到山洞，把媽媽剩下的骨頭埋了起來，哭了一陣子，才發現自己又渴又餓，就找路走下山去。

李逵來到平地，遇到幾個獵人，就告訴他們自己殺死了四隻老虎的事情，還向他們要酒和食物吃。其中有一個獵人看李逵長得又黑又壯，跟布告描寫黑旋風李逵的樣子完全相同，就趁李逵不注意的時候，在酒裡放了迷藥，把李逵迷倒，綁起來送到官府去。

沂州州長知道捉到重大犯人李逵，非常高興，馬上命令州捕頭綽號青眼虎的李雲，押送李逵到京師去，交給蔡京宰相，並且再三告訴李雲，路上要非常小心，只要能夠安全把犯人送到京師蔡京的手上，他們兩個人很快就能升官發財了。李雲領了州長的命令，收拾好行李，就押著李逵上路了。

朱貴自從和李逵在沂水縣的小酒店分手後，就順便走過一個山頭到沂州看望弟弟朱富。這天朱富匆匆忙忙地從外面跑回家裡，告訴哥哥朱貴說：「我在外面做生意的時候，聽到一個在牢房做事的朋友說，官府捉拿到大鬧江州的要犯黑旋風李逵，準備押送京師，交給蔡宰

沂州：在今山東省臨沂縣。

相，這一去，一定凶多吉少了。」朱貴聽了，大吃一驚說：「唉呀！糟糕了，李逵是我們梁山泊的兄弟，我這一次從梁山泊來這裡，主要的任務就是一路上幫助李逵。現在他被捉了，我回去一定會受到責怪的。朱富，你趕快去打聽，他們要從那條路經過，我們好想辦法救他啊！」朱富趕快跑去打聽，回來告訴朱貴說：「李逵有救了！這個押送李逵去京師的捕頭青眼虎李雲正是我的結拜兄弟。」朱貴大叫說：「那真是太好了！」

朱貴就裝扮成在路上賣酒的小販，當李雲押著李逵經過的時候，朱貴大叫：「官爺！買酒喝嘛！」李雲看士兵們走得又累又渴，就命令士兵坐在路旁休息，大家爭先恐後地跑去喝酒，李雲也喝了幾口；李逵看到朱貴，知道這是他所設計的陷阱，就故意說：「你們也請我喝幾口吧！」朱貴罵說：「我這個酒不賣給犯罪的人。」

過了兩分鐘，士兵一個個倒了下去，李雲知道中了計，想要站起來，卻又站不起來，李逵早已經從士兵身上拿了鑰匙，打開手上、腳上的枷鎖，跑過來要殺李雲，朱貴大叫：「不可無禮！」這個時候朱富從林中跑出來，用解藥救醒李雲，告訴他事情的經過，並且請他一起加入晁蓋、宋江等好漢組織成的梁山泊陣營。李雲心想放走了李逵，自己一定會被州長責怪處罰，乾脆去投奔他一向仰慕的宋江算了，就答應和朱貴一起回去梁山泊。

梁山泊首領在聚義廳接待李雲和朱富，宋江對李逵大笑說：「你在沂嶺殺了四隻活虎，卻為梁山泊添了兩條猛虎，正該好好慶祝呀！」於是大家又擺起筵席，喝酒慶祝，晁蓋又重新部署梁山泊各個人的任務，命令大

部署：分配，安排。

家嚴加防守山寨。

又過了半個月，宋江看公孫勝回薊州接母親，一直都沒有消息，就建議晁蓋派戴宗去看個究竟。戴宗領了命令，做起法術，半天走了一百多里路，不久就到了薊州城。戴宗先去找他的好朋友綽號錦豹子的楊林，請他幫忙打聽公孫勝的下落。因為公孫勝是個道士，楊林就陪著戴宗到薊州城附近的修道寺院尋找，連續找了三天，卻都沒有公孫勝的下落。

這一天楊林和戴宗又到一座山中的小廟尋找公孫勝，卻又沒有他的下落，兩個人垂頭喪氣地離開小廟。下山的時候，聽見樹林裡有打鬥的聲音，楊林和戴宗就走進樹林去，看見兩個人赤裸著上身，刀光劍影地比鬥著。戴宗看那兩人的身手不凡，怕其中一個會傷害對方，就向前大叫：「兩位壯士！請住手，讓戴宗來調解調解。」兩個人同時向後跳開，不停地喘著大氣。

戴宗問說：「兩位壯士為什麼在這裡決鬥呢？」其中一個瘦高的人說：「我叫病關索楊雄，他是拚命三郎石秀，我們同是薊州人，因為從小喜歡打打殺殺，就都投入清風道長的門下，拜他作師父，學了一身好武藝……」石秀搶著說：「我師兄每次都說他的武功比我好，我很不服氣，所以瞞著師父約他在這山林較量較量，沒想到遇到你們兩位，還沒請教你們的名字？」戴宗說：「我是神行太保戴宗，這位是錦豹子楊林，我從梁山泊來薊州辦事，像兩位這麼好的身手，實在不應該浪費，你們是否願意加入梁山泊陣營，投奔晁蓋和宋江呢？」

楊雄和石秀聽到宋江的大名，都十分仰慕，就向戴宗說：「先讓我們回去稟告師父，過幾天我們一定去梁山泊，找宋公明哥哥。」戴宗說：「我們一言為定！」楊雄和石秀說：「一言為定！」於是四個人在樹林裡做兩路分手了。

第二十三回　宋江攻打獨龍崗

戴宗和楊林又在薊州待了五天，一直都沒有找到公孫勝的下落，戴宗只得帶著楊林回去梁山泊，路上戴宗遇到一夥強盜，三個首領分別是火眼狻猊鄧飛、玉幡竿孟康、鐵面孔目裴宣，戴宗請他們一起加入梁山泊，投奔晁蓋和宋江，一夥人都非常高興，就裝扮成官兵，由戴宗率領回到梁山泊。

楊雄和石秀在樹林裡和戴宗分手後，因為有了投奔宋江的新希望，就不再爭吵誰的武功比較好了。兩個人

狻猊：音ㄙㄨㄢ　ㄋㄧˊ。即獅子。

幡竿：幡音ㄈㄢ。旗竿。

向清風道長稟告想要出師的願望，清風道長也答應讓他們下山。楊雄和石秀收拾好行李，沿路下山的時候，忽然聽到草叢裡叫說：「光天白日底下，竟然敢上梁山泊做強盜，叫官府來捉你們！」

楊雄和石秀大吃一驚，看到草叢裡面走出來一個人，正是他們的師弟鼓上蚤時遷，時遷說：「兩位師兄這幾天夜裡，也不吵架了，還說投奔了梁山泊以後要怎樣怎樣，我都聽到了。要是兩位哥哥不帶我一起去拜見宋公明先生，我就把你們的事告訴師父，看你們還能下山嗎？」楊雄和石秀大笑說：「多你一個人，路上也多個照應呢！走吧！」三個人就結伴走上去梁山泊的路。

楊雄、石秀和時遷三個人結伴走了幾天，這天傍晚三個人來到一個村莊，肚子餓得咕咕叫，卻找不到一家酒店。忽然時遷看到從草叢裡走出來一隻雄赳赳的大公雞，立刻撲過去抱住大公雞，一刀割破公雞的脖子，三個人就生火烤起公雞來，不要一分鐘，一隻大公雞被吃得連骨頭都不剩了。

三個人吃飽了，正準備要走的時候，從籬笆裡面跳出一個農夫來，大叫說：「三位老爺，你們有沒有看到我的公雞？」然後農夫看到地上的木柴和架子，傷心地說：「你們竟然偷了我的雞！還把它烤來吃了！」楊雄說：「對不起，我們實在太餓了，多少錢賠你就是了。」農夫說：「這是報曉的公雞，就是賠我十兩銀子，我也不要，還我雞來！」石秀大叫說：「吃了就吃了，怎麼還你？」農夫說：「要是你們不還我的公雞，抓你們去官府，當作梁山泊的強盜處罰！」石秀聽了，就把農夫揍了一頓，農夫邊跑邊叫：「捉賊！」「捉賊！」

楊雄等三個人馬上放了一把火，讓火沿著竹籬笆燒起來，然後趕緊跑開。三個人跑沒幾步路，看見前面有一、兩百人拿著火把跑過來，嘴裡還大喊：「在這裡，不要讓他們跑了！」三個人跑進草叢裡，時遷不小心踩到陷阱，腳被絆住了，楊雄和石秀正要過來救他的時候，後面那一群人已經追了上來，楊雄和石秀拔腿拚命逃跑，時遷只得乖乖地被活捉了。

楊雄和石秀沿著小路拚命地跑，一口氣跑了三十多里路，忽然路上跳出一個人，大叫說：「要性命的，留下買路錢！」楊雄和石秀互相嘆口氣說：「我們逃不走了，只有拚命殺出去。」那個人卻跪了下來對楊雄說：「恩人，你怎麼到這裡來了？」楊雄一看，原來這個人叫做鬼臉兒杜興，楊雄曾經救過他的命，於是楊雄就把要去投奔梁山泊，又偷吃了一隻雞的事告訴杜興。

杜興說：「這下可麻煩了，這個地方叫做獨龍崗，從前到後共有三個村莊，中間的是祝家莊，莊主是祝朝奉，他有三個兒子，人稱祝氏三傑，長子祝龍、次子祝虎、三子祝彪，又有一個武師叫做鐵棒欒廷玉，他的武藝高強，訓練了一、兩百個村民。後面那個村莊莊主扈太公，有個兒子叫做飛天虎扈成，還有個拿著兩把刀的女兒一丈青扈三娘，武功都很了得。至於前面村莊的莊主是我的好朋友撲天雕李應。這三個村莊聯合成一體，專門防範梁山泊好漢的侵擾，現在他們捉到時遷，把他當成梁山泊的人，事情恐怕不好辦了。」楊雄說：「請杜兄弟在這裡想想辦法救人，我們跑去梁山泊，請求晁首領帶人下來支援。」杜興答應楊雄，就跑去找李應說情去了。

楊雄和石秀經由安排，上了梁山泊，見到晁蓋和宋江，就把時遷在獨龍崗被捉的事情說了一遍。晁蓋早就聽說獨龍崗裡的三個村莊，平常就訓練村民作戰能力，準備和梁山泊作對，宋江也早就想要去說服獨龍崗的人，希望他們投效到梁山泊陣營。於是晁蓋派宋江率領二十幾個首領和三千個小嘍囉，去攻打獨龍崗。

宋江率領大軍到達獨龍崗前一里多路的地方，就命令大家紮營，並派遣石秀和楊林化裝成道士和樵夫進去獨龍崗打聽消息。李逵大叫說：「對付這個小小的村莊，還用費那麼大的力氣嗎？只須我帶兩、三百個嘍囉們殺進去，剷平村莊就是了。」花榮說：「我聽說獨龍崗裡的路徑很雜亂，一不小心就會迷失在他們設計的陷阱中，還是先進去探探路，大軍才能進攻。」李逵很不高興地走開，還一邊自言自語說：「打死幾個蒼蠅而已，還用那麼大驚小怪！」

石秀和楊林兩個人化裝混進村莊裡，兩個人分頭去打探消息。石秀在路上遇見一個老人，石秀上前問說：「老丈，我砍柴迷了路，請問這兒是那裡？」老人說：「這兒是祝家莊，你最好趕快離開，這兒馬上就會有一場大廝殺了！」石秀問說：「怎麼回事呢？」老人回答說：「前幾天捉到一個梁山泊的賊人，關在祝家莊上，聽說梁山泊的首領率領大軍要來討人，我們老爺和他三個兒子已經跟前後的扈家莊、李家莊聯絡好，準備要活捉梁山泊的首領呢！」石秀又問：「聽說梁山泊首領武功都十分了不得，而且兵馬眾多，祝家莊要怎麼捉他們呢？」老人說：「你這個外地人就不知道祝家莊的厲害了，祝家莊的路都是曲曲折折的小路，設下許多陷阱，進來容易，出去就很困難了。」

石秀說：「怎麼辦？我不認得路。老丈，還請您指點。」老人說：「你只要看到種著白楊樹的路，就可以轉彎行走，不要管那路是寬是狹，懂嗎？有白楊樹的路就是活路！」石秀向老人道謝，正準備離開的時候，聽到一陣喧譁，石秀看到楊林被十幾個村夫綁著，推去祝家大宅。老人說：「又捉到一個梁山泊的賊人了，年輕人，你趕快離開這裡吧！」石秀嚇得頭也不回地跑走了。

宋江等石秀和楊林的消息，等得不耐煩的時候，忽然小嘍囉上來報告說：「祝家莊的村民已經活捉了楊林，石秀下落不明。」李逵大叫說：「哥哥！還等什麼？殺進去救人呀！遲了就來不及了。」宋江想了一下說：「命令全隊人馬，分三批進攻祝家莊。」

宋江率領三批人馬進入祝家莊，沿著曲曲折折的小路行走，愈走愈沒有盡頭，也沒有遇到一個村民，宋江心想一定中計了，正要命令退兵的時候，後面的人馬踩到了陷阱，跌到土坑裡去了。整個軍隊忽然大亂起來，大家都怕踩到陷阱。正在吵吵鬧鬧的時候，宋江看到石秀從前面小路趕來，說：「公明哥哥，快帶人離開這兒吧，祝家莊的人馬已經從前後包圍過來了。」宋江說：「我也正想帶大家離開，卻中了埋伏的陷阱。」石秀說：「只要有白楊樹的路就是活路，趕快走吧！」宋江率領兵馬沿著種有白楊樹的路撤退出去，祝家莊的人馬趕過來時，只活捉了陷在土坑中的梁山泊盜匪。

第二十四回　朱仝充軍滄州

宋江率領軍隊撤退到原來駐紮的地方，清點人數後，被活捉兩個首領秦明、鄧飛和三百名小嘍囉。宋江大叫：「不剷平獨龍崗，我絕不回梁山泊！」這個時候，石秀帶杜興上來和宋江見面。杜興說：「我本來要勸李家莊莊主李應投效梁山泊的，李應衡量梁山泊的勢力，才要答應的時候，就聽說祝家莊已經活捉了梁山泊一半人馬，他又反悔了。把我趕了出來。又去討好祝家莊和扈家莊了。我出來的時候，看到他們樹起大旗，上面寫著：『填平水泊擒晁蓋，踏破梁山捉宋江！』勢力十分壯大。」石秀說：「現在沒有內應在裡面查探地形，我們的行動將更加不利了。」宋江聽了，很傷腦筋，卻又沒有辦法可想。

忽然聽到小嘍囉來報：「軍師吳學究帶領五百軍馬到來！」宋江趕緊前去迎接。吳用見到宋江說：「晁首領擔心哥哥進攻獨龍崗的事情，特地要我下來支援，現在情況怎樣？」宋江說：「真是一言難盡，我們不熟悉地形，所以損失了一些兵馬，現在還不知道該怎麼進軍呢？」吳用說：「哥哥不用著急，我帶來八個人，他們知道梁山泊要攻打獨龍崗，特地帶一個計策來加入梁山泊，幫助我們破獨龍崗的。」李逵聽了，叫說：「我們那麼多人進去，都沒有用，他們難道有三頭六臂不成！」

登州：在今山東省蓬萊縣。

宋江說：「不可無禮！」吳用笑說：「這八個人是一夥的，分別是病尉遲孫立，小尉遲孫新、兩頭蛇解珍、雙尾蠍解寶、母大蟲顧大嫂、出林龍鄒淵、獨角龍鄒閏和鐵叫子樂和。其中那個孫立本是登州兵馬總管，後來因為誤殺人犯被關起來，他又越獄逃了出來，找了一些江湖上的朋友，一起投効梁山泊。他和祝家莊的軍師欒廷玉是同門師兄弟，由他假扮官軍進入祝家莊，裡應外合，明天就可以大破祝家莊了。」宋江說：「這個計策太妙了，趕快請這幾位壯士來見面吧！」吳用就派人把孫立等人請來，大家見了面，又詳細商量一遍進攻祝家莊的計畫。

孫立率領一千個小嘍囉裝扮的官兵，進入祝家莊，拜見師兄欒廷玉，說：「登州州長聽說祝家莊已經捉了幾個梁山泊的盜匪，要我來領他們回州裡審問。」欒廷玉說：「我們已經捉到梁山泊的首領時遷、楊林、秦明和鄧飛，還有三百名小嘍囉，如果師弟的官兵肯留下來幫忙我們，明天就可以捉到宋江等人，一起送到州裡去，不是更好嗎？」孫立說：「師兄說得很對，我們的人馬就聽師兄的差遣。」欒廷玉也沒有懷疑，就接納了孫立的一千多人。

當天晚上，孫立將人分做三組，一組去大牢裡救出被活捉的梁山泊好漢，一組將祝莊主和祝氏三傑捉了，一組去帶領宋江人馬進入祝家莊；宋江又把人馬分成三隊，一隊殺進祝家莊，支援孫立的行動，另外兩隊分別去攻打李家莊和扈家莊。整個晚上，殺聲響遍了獨龍崗，人們都分不清楚敵我了。到了第二天早上，獨龍崗就被梁山泊好漢佔領了。

宋江檢驗了戰果，欒廷玉被林沖殺了，祝莊主和祝氏三傑分別被李逵殺了；扈家莊被花榮破了，殺了莊主扈成，活捉了扈三娘；李家莊被阮氏三雄破了，活捉了李應，梁山泊好漢大獲全勝。

宋江帶了勝利的戰果回到梁山泊，晁蓋大設筵席慰勞軍士們，孫立等八個人因為功勞最大，就坐在上位，接受其他人的道賀，筵席一連擺了好幾天才散去。

這一天，大家正在喝酒的時候，山下小嘍囉來報說：「在林子前面的大路上，捉到一夥商人，其中有一個人自稱是鄆城縣總管雷橫，已經請他到酒店裡休息了。」晁蓋和宋江聽了，馬上和吳用下山迎接雷橫，宋江見了雷橫，慌忙拜下說：「自從和雷總管在鄆城縣分別後，一直很思念總管，今天怎麼會經過這裡的？」雷橫說：「我是奉命去辦事經過這裡的。」晁蓋忙著問朱仝的消息，雷橫說：「他現在和我都在鄆城縣當典獄長，新縣長很器重我們呢！」

晁蓋和宋江一直想挽留雷橫加入山寨，雷橫只是推託說：「家裡有老母親，仍待我奉養，等母親終年以後，一定來投靠山寨。」晁蓋等人也不再勉強，就送給雷橫一大包金銀，請他把一半轉交給朱仝，就送他上路了。

雷橫回到鄆城縣，見過老母親，就去官府上班，在路上雷橫看到幾個無賴拉著一個少女不放，雷橫過去三拳兩腿把他們打跑了，正要拉起那個少女問話的時候，一個少爺模樣的人走過來說：「這個姑娘我要定了，你最好趕快走開，不要多管閒事。」雷橫說：「這個國家還有王法嗎？光天化日底下，居然敢搶良家婦女，走！跟我到官府去。」說著，抓住那個少爺，那個少爺想要掙脫，卻動也不能動。

雷橫把那個少爺拉到縣長面前，結果新縣長卻命令左右衛士重重打雷橫，說他在路上隨便抓人，原來這個少爺正是新縣長的姪兒，雷橫並不知道。雷橫被打得鮮血迸流，那個少爺又上來踢他兩腳，雷橫忍耐不住，飛身起來，腳朝著那少爺踢過去，把他踢了五、六尺遠，那個少爺頭撞到桌腳，一命嗚呼哀哉了。

縣官立刻命令衛士把雷橫捉起來，押進大牢裡，等候處置。雷橫的老母親跑來監牢，苦苦地哀求典獄長朱仝，好好照顧雷橫。朱仝和雷橫是老朋友了，當天晚上朱仝就到大牢裡，解開雷橫的枷銬，說：「兄弟，你趕快走吧。你在衙門裡打死新縣長的姪兒，一定會被判死刑的，今天晚上趕快離開鄆城縣，不要再回來，知道嗎？」說著，就塞給雷橫一些衣服、金錢，又叫親信送雷橫出鄆城縣。

第二天早上，縣長要朱仝帶雷橫上衙門時，朱仝報告縣長說雷橫已經越獄逃走了，縣長聽了，非常生氣，又明明知道是朱仝放走的，卻沒有證據，就只好判朱仝看守失職，讓重大罪犯越獄逃走，充軍滄州三年。

朱仝被押送到滄州，州長看朱仝長得一表人材，很喜歡他，就留他下來，當自己兒子的保鑣。州長四歲的兒子高天賜看到朱仝長著一大把鬍鬚，覺得很好玩，就扯著朱仝的鬍鬚一直玩耍，州長看了哈哈大笑，就叫朱仝抱他出去玩，朱仝就和小天賜成了形影不離的好朋友。

時光匆匆，轉眼又到了陰曆七月十五日，街上有放水燈的儀式，州長就要朱仝帶小兒子去看熱鬧。朱仝把天賜放在自己的肩膀上，走到大街上看各種表演，小天賜看到橋上有很多人圍在那裡，想要過去，朱仝就讓他下來自己跑到橋邊看水燈，朱仝正要跟過去的時候，卻被人拉了一下，說：「哥哥！找個地方說話。」朱仝回頭一看，吃了一驚，那人正是雷橫。

小天賜叫朱仝說：「你快來呀！這邊好熱鬧呢！」朱仝說：「我馬上過去。」卻拉著雷橫到僻靜的角落說：「你怎麼來這裡呢？」雷橫說：「自從哥哥放了我，我沒有地方去，只好投奔梁山泊了。後來聽說哥哥為了我的事，充軍到滄州來，心裡一直感到很難過。梁山泊的晁首領和宋公明哥哥也一直念著哥哥以前的恩德，就要吳用軍師陪我下山，請哥哥一同上梁山泊享受富貴。」

朱仝說：「吳先生在那裡？」忽然吳用從朱仝的後面走了出來，朱仝連忙作揖說：「好久不見了，吳先生一向好嗎？」吳用說：「我很好，只是如果朱兄弟不和我們上梁山泊，晁、宋兩位首領怪罪下來，我可就不好受嘍！」

第二十五回　宋江和高州長鬥法

朱仝聽完吳用的話，說：「這個州長待我不錯，我的工作也很輕鬆，只要熬個兩、三年，就可以回家鄉，重新做人了。如果當了強盜，那是一輩子洗刷不掉的汙點，我是不會做的，請吳先生代我回去謝謝晁、宋兩位首領。」說著就往橋邊走去，吳用和雷橫也不攔阻他。

朱仝到了橋邊，卻看不到小天賜，心中正著急的時候，看到一個高大的黑漢子抱著小天賜，大叫：「在這裡！」朱仝追了過去，那黑漢子往郊外的森林跑去。朱仝奮力追趕到林子裡面，卻看到小天賜身體被劈成兩半，倒在血泊中。朱仝既悲傷又生氣，忽然看到那黑漢子，手裡拿著兩把斧頭，叫說：「來！來！來！」朱仝跳了過去，那黑漢子又跑走了。

朱仝追了半天，來到一座大莊園，心想自己隨便闖入別人的宅院，正要退出去的時候，一個儀表端正的員外走了出來。朱仝馬上施禮說：「小人是鄆城縣的朱仝，充軍到滄州來，現在正在追捕殺死高州長小兒子的人犯，不料誤闖員外的宅院，還請原諒。」那個員外笑著說：「我是小旋風柴進，殺死高天賜的人是黑旋風李逵，現在他和吳用、雷橫都住在我的莊園裡。因為晁、宋兩位首領想邀朱兄弟加入梁山泊，朱兄弟不肯，才想出這條計策，斷了朱兄弟的退路。」柴進邊說，邊從後面叫出吳用等三個人。朱仝看到李逵，大叫說：「你們做事也太狠了些！」吳用、柴進上前勸說：「這都是宋公明哥哥的主意，只要朱兄弟上山，他一定會當面賠罪的。」

朱仝冷笑說：「要我上梁山泊可以，不過只要有黑旋風李逵在，我死也不上山去。」李逵聽了，發怒說：「干我屁事！這是晁、宋二位哥哥的主意！」柴進插嘴說：「李逵先不要生氣，你就在我的莊園住幾天，讓吳軍師帶朱兄弟先回去，達成晁、宋首領交代的任務吧！」吳用說：「這樣最好不過了。」

於是李逵就留在柴進的莊園上，吳用、雷横和朱仝一路上了梁山泊，朱仝受到晁蓋和宋江的熱烈接待。一股怒氣也就慢慢消了。另一方面，高州長等不到朱仝抱兒子回家，就派人四處尋找，結果在樹林裡找到兒子的屍體，高州長傳令下去，捉拿殺害高天賜的兇手朱仝。

光陰似箭，李逵在柴進的莊園住了一個月，整天閒著沒事幹。這一天李逵看到柴進騎馬匆匆出門，李逵攔住柴進說：「柴大員外，有什麼緊急的事嗎？」柴進說：「我有個叔叔叫做柴皇城，住在高唐州府裡，最近他被州長的小舅子殷天錫打傷了，我要趕去看看。」李逵就要求和柴進同去。

柴進帶著僕人到了柴皇城家裡，看到叔叔躺在床上，吐出三口氣，卻沒吸進半口氣了。嬸嬸哭著對柴進說：「那個殷天錫仗著是州長的小舅子，看上我們家的房子，硬要買過去，卻又不肯拿錢出來，分明是搶奪嘛！你叔叔去和他講理，卻被他叫人打成這個樣子。……」柴進看叔叔已經斷了氣，心裡非常難過；這個時候，殷天錫

高唐州：在今山東省高唐縣。

正好帶人來要房子，柴進出了臥室，對殷天錫說：「我們有房子的地契，請你們講講理！」殷天錫大笑說：「我的姊夫是本州的州長，我就是天理，限你們三分鐘內趕快離開這個宅院，否則，哼！哼！」

李逵在旁邊聽得一清二楚，跳了起來，飛到殷天錫身旁，抓住他的領子，拳頭直朝他的臉打下去，殷天賜的保鑣上前來救殷天錫，卻被李逵踢開十丈遠，個個躺在地上喘大氣。李逵連續打了五、六十拳，殷天錫倒在地上，連痛也不叫一聲了。

柴進看到這種情形，對李逵說：「你趕快回山寨去，這裡我來應付。」李逵說：「我走了，豈不是連累柴大員外？」柴進說：「我會用錢買通官府的，你犯下那麼多的大案件，不能被捉到，趕緊逃走吧！」李逵拿起兩把斧頭，翻出後門逃走了。

這個時候，殷天錫的部下已經通知官府，來了一隊士兵，把柴進帶到高州長面前，高州長要柴進交出打死殷天錫的兇手，柴進說那個李大已經逃走了。高州長得到密報說李大就是黑旋風李逵，就把柴進當成梁山泊強盜的一分子，押進大牢，柴進的財產全部充公。

李逵連夜趕路，回到梁山泊後，把柴進的事報告晁蓋、宋江。晁蓋說：「你這個黑莽漢，又鬧出事來，柴員外的命遲早會喪在你的手裡。」李逵說：「柴皇城被殷天錫打死了，他還來要房子，真是欺人太甚，就是活佛也忍不下這口氣呀！」晁蓋說：「柴員外對山寨有恩，我應該派人去救他。」宋江說：「哥哥是山寨的首領，不能隨便離開寨子，柴員外對我也有大恩，讓我帶人去救他吧！」於是晁蓋命令宋江率領二十二個首領和五千名小嘍囉，進攻高唐州，救出柴進。

宋江率領大批人馬來到高唐州城下，高州長早就得到消息，做好了萬全的準備。原來這個州長曾經學過一些法術，看到宋江的大軍在城門下叫陣，就從背上拔出太阿寶劍。口中念了幾句咒語，叫聲：「去！」一道黑氣夾著沙粒石頭，吹向宋江的陣營中，宋江的大隊人馬被吹得七零八落，高州長立刻下令城裡的士兵進攻，士兵衝出城門，殺聲震天，宋江趕快下令撤退，小嘍囉慌亂地逃成一堆。宋江的人馬向後逃了三十里才停住，官兵並沒有追來，宋江清點人數，損失了一千多人。

吳用又帶了五百多人前來接應，聽了宋江的敘說後，說：「這一定是妖法了，如果運用『回風返火』的法術，就能夠破敵。」宋江馬上打開九天玄女送他的天書，第三卷上面正是『回風返火破陣法』，宋江非常高興，把咒語背熟了，再度下令進攻。吳用暫時在後方留守。

高州長看到宋江又率兵進攻，拔出寶劍，念起咒語，黑氣怪風又吹向宋江的兵陣中。宋江不等風吹過來，也拔出尚方寶劍，念著咒語，叫聲：「走！」忽然怪風轉了方向，吹向高州長的陣營，宋江下令軍隊進攻。高州長看到風吹了回來，馬上拿出一面銅牌，用劍在上面左指右點，忽然吹起一陣黃沙，從沙中走出許多怪獸毒蟲，把黑風壓了下去，直向宋江的軍隊過來。

宋江陣裡的人馬都嚇呆了，等到怪獸毒蟲逼進時，才慌忙地向後逃跑，高州長又下令官兵追趕，宋江陣營大敗，逃回吳用的陣地中，又損失了一千多人。吳用說：

「這個州長法術厲害，他不追過來，一定是準備在今天晚上，到我們陣營中，施行法術，大家要加強戒備。」宋江命令大家嚴守陣營，又派人回梁山泊請求支援。

到了晚上，宋江陣營風雨大作，忽然大家看到高州長披頭散髮地站在風雨中作法術。這個時候，從梁山泊下來支援的花榮，搭起弓箭，向高州長射去，一箭射中州長的胸膛，一時之間，風雨都停了。花榮向吳用、宋江說：「晁首領派我下來支援，半路上都沒風雨，到了這裡，卻風雨大作，這種妖術把附近的河水全都吸到我們的頭上來了，真是厲害。」宋江說：「現在那個妖道不知道是死是活，我們又不能冒險進攻；如果那妖道只是受傷，傷好了，又作起法術來，我們還是敵不過他的。」吳用說：「現在要破高唐州城，救出柴員外，只有一個法子了。」

第二十六回　戴宗再次尋找公孫勝

宋江和花榮異口同聲地問說：「什麼辦法呢？」吳用說：「趕快再派戴宗到薊州去找公孫勝，這次一定要將他找到。」宋江馬上把戴宗叫來，吩咐他再去薊州，務必要找到公孫勝。李逵在旁邊叫說：「我打死殷天錫，才惹出這場禍事來，我也去薊州，一定要把公孫勝找到。」戴宗說：「你要跟我去，一路上都得聽我的才行。」李逵答應了，宋江和吳用又吩咐他們早去早回。

戴宗作起神行法術，帶著李逵，兩天就到了薊州城，戴宗扮做主人，李逵扮成僕人，兩個人在薊州的大街小巷尋找公孫勝，連續找了兩天都沒有結果。

這一天，兩個人找累了，就走進一家麵店吃麵，麵店老闆卻說：「咱不做生意了，要趕去九宮縣二仙山聽道。」李逵大怒說：「是我們肚子重要？還是你聽講道重要？看我打你！」戴宗連忙阻止李逵說：「不得無禮！」然後笑臉轉向店老板問說：「你要聽誰講道呢？」老闆說：「是二仙山的羅真人講說『長生不死』的法術。」戴宗又問：「二仙山上有沒有一個叫做公孫勝的道士？」老板說：「客人要是問別人，恐怕沒有人知道他的；我卻和他很熟悉，他和老母親就住在我家隔壁。現在他不叫公孫勝，只稱清道人。」李逵大叫說：「那你快帶我們去找這個人！」

戴宗和李逵跟隨店老闆來到二仙山，轉過山腰，看見前面山溪旁有十幾間茅草屋，老闆指著草屋說：「過了小石橋，左手邊第三間草屋就是清道人住的地方了，二位自己過去吧，我還要趕到山上聽道呢！」戴宗和李逵謝了老闆，直向公孫勝住的地方走去。

兩人走到公孫勝住的茅屋前面，看大門並沒關上，就走進屋裡，李逵大叫說：「公孫道士在家嗎？」卻沒有人回答，兩人來到屋後，卻看見公孫勝正在煉丹。戴宗非常高興說：「哥哥！終於找到你啦！」公孫勝慢慢睜開眼睛看著戴宗和李逵說：「虧你們能找到這裡來。」

戴宗就把宋江派他來請公孫勝的事情說了一遍，公孫勝聽了，想了一下說：「貧道從小在江湖上遊蕩，認識許多英雄好漢，也很希望能上梁山泊和大家結義；自從上次從梁山泊回家後，一方面母親年老，必須要我奉養，二方面我的師父羅真人留我繼承衣鉢，所以我不能離開，就改名為清道人，在二仙山隱居起來。」戴宗和李逵拚命勸公孫勝說：「宋公明哥哥正危在旦夕，如果哥哥不下山幫助他，梁山泊恐怕就要被摧毀了。」公孫勝還是推託說師父羅真人不讓他下山。

戴宗和李逵勸了一個晚上，第二天早上，公孫勝答應帶他們兩個人上山問羅真人的意思。三個人沿著松樹林爬上山，到了山頂，看見一間道觀，上面用朱紅色的墨漆寫著「紫虛觀」三個大字。

三個人依照道觀規矩來到松鶴軒，羅真人正在雲床上打坐，三人連忙跪下拜見真人。真人仍然閉著眼睛，卻開口說：「清兒既然已經脫離火坑，一心學習煉丹長生的方術，為什麼又想去梁山泊聚義呢？」戴宗和李逵聽了大吃一驚，戴宗連忙說：「請真人讓公孫先生下山，破了高唐州州長高廉的法術後，我們一定親自把公孫先生送回貴道觀。」羅真人說：「二位不知道，這種事情不是出家人能夠管的，請下山去吧。」戴宗還想說些什麼，公孫勝卻急忙帶他們兩人離開。

下山的時候，李逵大叫說：「我們找了那麼辛苦，才找到這裡，他卻說出不關他事的話來，真要把我氣炸了。」公孫勝說：「李兄弟，先不要急，明天再去懇求恩師答應吧！」戴宗和李逵回到公孫勝家裡，也不說話，就回房間休息了。

李逵一直生悶氣，在床上翻來覆去，那裡睡得著？好不容易捱到半夜，李逵看戴宗齁齁睡得很熟，就翻身起來，拿著兩把斧頭，跳上紫虛觀。李逵一步一步摸黑到了松鶴軒，從門縫看進去，兩根蠟燭點得很亮，羅真人正坐在雲床上念經。李逵一腳踢開門，大斧頭一揮，把羅真人劈成兩半，流出一道白血來。李逵轉身就跑，在迴廊被一個青衣道童攔住說：「你殺了師父！跑到那裡去？」李逵又一斧頭，砍掉那個道童的頭，飛快地跑回公孫勝家裡。

到了早上，吃完早飯，公孫勝說：「我們再上山懇求師父吧！」李逵聽了，心中暗自得意地想說：「我一斧頭劈開了羅真人，你也沒處問了，看你跟不跟我們去！」三個人來到紫虛觀，公孫勝問一個道童說：「真人在那裡？」道童說：「真人在松鶴軒打坐。」李逵聽了，大吃一驚，舌頭伸在外面，半天縮不回去。

三個人進了松鶴軒，羅真人說：「你們又來幹嘛？」戴宗說：「我們特地再來請求真人，讓公孫先生下山。」真人說：「那個黑大漢是誰？」戴宗說：「是小人的義弟，名叫李逵。」真人笑了笑，把右手向上一揚，從李逵腳底下升起一片紅雲，李逵忽然飄到半空中，耳邊聽到：「我是出家人，又不曾冒犯你，為什麼趁著半夜來殺我，要不是我有些道行，已經被你殺了，你又殺了我一個徒兒……」話還沒說完，李逵就從半空中摔了下來，跌到一個很深的黑洞中，李逵向上大叫，只聽到自己的回音。

戴宗看李逵忽然消失不見了，不知道什麼原因。羅真人就把李逵半夜來刺殺他的事說了。戴宗和公孫勝苦苦哀求真人放了李逵。說李逵雖然粗魯卻很正直，又講義氣，是晁蓋和宋江的得力助手。一連求了三天，羅真人才開口說：「這個人是上界天殺星下凡，因為人間罪孽太多，才派他下來開殺戒的。我只是要磨他一陣子，畢竟不能違逆天意的。」真人左手一揚，一片紅雲載著李逵落在戴宗面前，李逵看到羅真人，趕快跪下說：「親爺爺，李逵不敢了！」羅真人說：「你以後要全心全意扶持宋公明。」李逵說：「親爺爺的話，我一定照辦。」然後李逵把這三天在黑洞的遭遇告訴戴宗和公孫勝，戴宗不免又責怪李逵一頓。

羅真人對公孫勝說：「我本來不讓你下山的，但這樣作法違背天間星數，你必須去和宋江聚義。現在我傳授你『五雷天罡正法』，熟記了這個法術，不但可以破解高廉的妖術，還可以輔助宋江，保國衛民，替天行道。

你的老母親，我會替你照顧，趕快去吧！」公孫勝、戴宗和李逵一起跪下來，拜謝羅真人。

公孫勝等三個人辭別羅真人，急忙向高唐州趕去，路上遇見了金錢豹子湯隆，三人看他是一條好漢，就邀他加入梁山泊。四個人趕回宋江的陣營，宋江和吳用看到公孫勝，非常高興，宋江說：「那個高廉原來只受了點皮肉傷，休養了一、兩天就好了，最近每天都來向我們挑戰，我們只有堅守陣營，不敢出去應；現在公孫先生來了，我們一定可以大破高唐州，殺了高廉這個妖道，救出柴員外來。」於是大家立刻商量對付高廉的作戰計畫。

第二天當高廉再度來到宋江營帳前挑戰時，公孫勝使用「五雷天罡正法」破解了高廉的法術，高廉看見法術被破解了，駕起一片黑雲想要逃跑，公孫勝口中念念有辭，叫聲：「去！」手中的寶劍飛過去，刺中那片黑雲，高廉從半空中摔下來，雷橫和朱仝趕過去，一人一刀，把高廉砍成三段。

宋江看高廉經死了，下令進攻高唐州城，高唐州城內馬上豎起白旗投降了，宋江進到城裡，命令不准傷害老百姓們。

第二十七回　呼延灼征討梁山泊

宋江命令小嘍囉不准侵犯老百姓後，馬上叫人去牢裡接出柴進，柴進雖然受到嚴刑拷打，神智還很清楚，宋江看到柴進，流著淚說：「小弟救援遲了，害哥哥受了許多苦。」李逵也脫光衣服，跪在柴進前面，一句話也不說，任誰拉他也都不起來。

宋江救了柴進，在高唐州城住了一天，第二天大軍就浩浩蕩蕩地回到梁山泊去了，晁蓋早就準備好酒筵，一方面為柴進接風，一方面慶祝宋江的勝利。

在京城的高太尉聽說他的兄弟高廉，被梁山泊好漢殺死了，馬上在早朝的時候稟告天子，請天子派武將呼延灼去征討梁山泊，天子准許高太尉的奏摺。呼延灼是宋朝開國名將呼延贊的後代，使用兩條銅鞭當做兵器，非常厲害，當他接到朝廷聖旨派他征討梁山泊時，他立刻派遣左右手下的大將百勝將軍韓滔和天目將軍彭玘，率領軍隊，做為征討梁山泊的先鋒部隊。他自己則率領精銳的子弟兵在後面支援。

梁山泊的小嘍囉打聽到呼延灼率大軍征討梁山泊的消息，馬上向晁蓋、宋江報告，晁蓋立刻召集梁山泊的首領們在聚義廳開會。吳用首先發言說：「這個雙鞭呼延灼武藝高強，一個人可以抵擋一百人，所以我們先用武力挑撥他，再用智慧捉拿他。」話還沒有說完，李逵跳起來說：「我去捉拿他！」宋江說：「不可亂來，我自有安排。派遣霹靂火秦明打頭陣，豹子頭林沖打第二陣，小李廣花榮打第三陣，一丈青扈三娘打第四陣，病尉遲孫立打第五陣。每一陣打完都排到隊伍後面去，我自己另外率領十個弟兄，一千名小嘍囉支援前面五陣，左邊五位兄弟是朱仝、雷橫、穆弘、黃信和呂方；右邊是楊雄、石秀、歐鵬、馬麟和郭盛。另外再派遣李俊、張橫、張順和阮氏三兄弟駕船在湖泊上接應，李逵和楊林率領五百名人馬埋伏在蘆葦叢中。」

宋江分派完畢，梁山泊的首領們各自依照指示出發了。秦明率領小嘍囉下山，來到空曠的野地，正好遇見百勝將軍韓滔的軍隊，韓滔看見秦明，拿起狼牙棒，咬牙切齒地大罵說：「朝廷的大軍到了，趕快投降，如果想要抗拒的話，我就填平水泊，踏碎梁山，生擒活捉你們這夥反賊，然後碎屍萬段！」秦明聽了，一句話也不說，舞起大刀，向韓滔衝來，兩個人就在曠野中打了起來。

這個時候，呼延灼率領後援軍隊到了，看到韓滔不是秦明的對手，就揮動雙鞭，騎著那匹皇帝御賜的踢雪黑寶馬，上前助陣。秦明正在擔心自己敵不過韓滔和呼延灼的時候，豹子頭林沖挺起蛇矛刺了過來，秦明看林沖來了，就騎馬閃進山谷裡面，韓滔也退了下去。

林沖和呼延灼兩個人打了五十回合，不分勝負，只聽見一聲吼叫：「請林將軍休息一下，讓我來陪他玩玩。」說話的正是小李廣花榮，林沖閃進山谷裡去。花榮又和呼延灼鬥了十幾回合，忽然天目將軍彭玘從左邊騎馬過來說：「請主帥休息一下，讓我來收拾他！」彭玘和花榮打了二十回合，呼延灼看見彭玘有點抵擋不住，就舞起雙鞭，飛向花榮，這個時候，一丈青扈三娘到了，大叫：「請花將軍休息，我來對付他們！」花榮又閃進山谷裡去了。

呼延灼想上來幫忙彭玘，卻被病尉遲孫立攔住了，兩人又鬥了十幾回合；另外一方面彭玘和扈三娘打鬥，愈來愈沒力氣，扈三娘從戰袍下面拿出紅綿套索，上面有二十四個金鉤，扈三娘等彭玘一靠近，就用金鉤一鉤，彭玘被鉤住，摔下馬來，扈三娘大吼一聲，活捉了彭玘。

呼延灼看到彭玘被捉，想要過來救他，宋江的後援軍趕到，呼延灼只得退回陣營裡面去。宋江下令進攻，韓滔接到呼延灼的命令，派出「鐵甲武士隊」，每個兵士騎著戰馬，全副武裝，拿著長鎗，向宋江陣營衝了過來。宋江的小嘍囉們都沒有任何裝備，立刻向四方逃散。

宋江連忙逃到蘆葦叢中，李逵和楊林護衛宋江搭上在湖泊接應的船隻，逃回梁山泊，小嘍囉有的被「鐵甲武士」的長鎗刺死，有的跳到湖泊裡被淹死，還有五百人被活捉了。

晁蓋和吳用在山寨裡勸彭玘投降，加入山寨，彭玘答應了，卻正好聽到宋江軍隊大敗的事，兩個人趕快走出聚義廳，看到宋江灰頭土臉地回來，吳用上前勸宋江說：「哥哥不要灰心，俗語說：『勝敗是兵家常事。』我們再想辦法破解『鐵甲武士陣』就是了。」晁蓋也上來勸宋江，宋江不肯進入聚義廳，只說要率領小嘍囉駐紮在金沙灘，防止呼延灼進攻水泊。

呼延灼大獲全勝的消息，馬上經由特使傳回京師，高太尉聽了，非常高興，呼延灼又派特使要求高太尉命令炮手轟天雷凌振，前去支援，原來呼延灼準備炮轟梁山泊，高太尉馬上命令凌振準備好風火炮、金輪炮和子母炮，出發前去支援呼延灼。

晁蓋、宋江、吳用和公孫勝正在金沙灘商量破解「鐵甲武士陣」的方法時，只聽見轟轟的炮聲，一顆炮彈打到水裡，激起一丈高的水花，又一顆炮彈擊中沙灘上搭起的營寨，大家趕快跑上山寨的聚義廳中，每個臉上都露出驚怕的樣子，吳用安定軍心地說：「現在必須把山下的炮手引到水邊，活捉他，才能討論破解『鐵甲武士陣』的方法。」晁蓋說：「請李俊、張橫、張順和阮氏三兄弟從水路誘捉炮手，朱仝和雷橫由陸路接應。」

李俊等六個人接了命令，率領四、五十隻小船，用蘆葦叢做為掩護，慢慢接近設在湖泊邊上的炮架。李俊一聲口哨，船上的小嘍囉全部衝上岸，把炮架推翻，凌振看到這種情形，馬上率軍士趕了過來，李俊的人馬都逃到小船上，看到凌振的軍士追了過來，卻不把船划走，一個個都跳進水裡。凌振下令軍士全部上船，把船划到對岸去。當軍士們把船划到湖泊中心的時候，李俊和小嘍囉們早就在水裡等著了，他們不斷地翻動船底，小船搖搖晃晃，軍士們都跌到水裡面去了。

軍士們在水裡面當然不是小嘍囉的對手，一個個都被活捉了，有的軍士好不容易游到岸邊，又被朱仝和雷橫的人馬捉住了，凌振也被阮氏三傑捉住，押進山寨裡，呼延灼在對岸聽到凌振被活捉的消息，氣得咬牙切齒，半天都說不出話來。

三阮押著凌振進入聚義廳，宋江看到凌振，連忙向前解開他手上的繩索，對著三阮說：「我叫你們請統帥上山，你們怎麼這麼沒禮貌！」晁蓋和吳用都勸凌振加入山寨，彭玘也勸凌振共同輔助晁、宋兩人，替天行道，凌振終於點頭答應了。

於是大夥擺起酒席，一面慶祝新頭領加入山寨，一面商量破解呼延灼「鐵甲武士陣」的方法。大家正在為想不出辦法傷腦筋的時候，新加入梁山泊的金錢豹子湯隆說：「只要找得到我的結拜哥哥，就可以破解『鐵甲武士陣』。」晁蓋問說：「你哥哥是誰？」湯隆說：「我哥哥是金鎗手徐寧，他會製造一種叫做『鉤鐮鎗』的兵器，專門鉤倒「鐵甲武士」用的，只要他加入山寨，一定可以破解『鐵甲武士陣』的！」

鉤鐮鎗：頭帶鐮刀的長柄兵器。

第二十八回　宋江活捉呼延灼

晁蓋聽湯隆說他的義兄徐寧能製造「鈎鐮鎗」，可以破解「鐵甲武士陣」，就馬上要湯隆下山，找金鎗手徐寧來助陣。湯隆領了命令，到東京城找到徐寧，邀他一起加入梁山泊，徐寧答應湯隆的要求，和他一起回到山寨，受到眾首領的歡迎，徐寧就開始教導小嘍囉們製造和使用「鈎鐮鎗」的方法。

呼延灼自從損失了彭玘和凌振兩名大將，整天就派出鐵甲武士到湖泊岸邊叫陣，梁山泊卻也不出來應敵，只是嚴加防守金沙灘。等到徐寧教會大家使用「鉤鐮鎗」後，宋江命令每個人手上拿著「鉤鐮鎗」躲在蘆葦叢中，等到呼延灼再派出鐵甲武士叫陣時，小嘍囉們一齊衝上去，把鐵甲武士鉤倒在地上，因為盔甲很重，鐵甲武士跌倒後就爬不起來，只有一一被活捉了。

宋江看到鐵甲武士被鉤倒後，命令凌振炮轟呼延灼的陣地，又派出四個將領從四方面包圍呼延灼的陣地，呼延灼看到軍士死的死，被活捉的被活捉，只得騎著皇帝御賜的寶馬逃出重圍，另一個將領韓滔被活捉到山寨，經由大家不斷的勸告，終於也加入了梁山泊。

呼延灼看到自己全軍覆沒，不敢回京城，只有暫時逃到他的好朋友青州慕容知府住的地方，請求他幫忙再破梁山泊。慕容知府聽完呼延灼慘敗的經過後說：「梁山泊兵多將廣，我們小小一個青州的兵力，恐怕沒有辦法平定他們，將軍可以先幫忙我掃清附近桃花山、二龍山和白虎山三座山的強盜，等我向朝廷稟報你的功勞，將功折罪後，再請朝廷派出大軍來征討梁山泊。」呼延灼答應慕容知府的要求，立刻牽領兩千名士兵，進軍桃花山。

桃花山上有兩名首領，一個是打虎將李忠，一個是小霸王周通，兩個人聽到小嘍囉報告：「青州軍馬上山了！」周通就說：「哥哥請休息，讓我去應付他們就夠了！」

結果周通根本不是呼延灼的對手，慌忙逃回桃花山上說：「哥哥！大事不妙了，這次率兵來攻打我們的是雙鞭呼延灼，他把在梁山泊失敗的怨氣都發洩到我們頭上來了，我們必須要棄山逃跑才是。」李忠說：「現在只有先逃去二龍山，請魯智深和楊志幫助我們了。」於是周通和李忠率領剩下的小嘍囉投奔到二龍山。

二龍山的首領除了魯智深、楊志、武松外，還有金眼豹施恩、操刀鬼曹正和原來在十字坡賣人肉，後來接受魯智深邀請上山的夫妻，一個是菜園子張青，一個是母夜叉孫二娘。幾個首領聽說桃花山被攻破，李忠和周通來投奔，都趕快出去迎接。李忠把呼延灼率兵攻打桃花山的事說了一遍，要魯智深做準備，這個時候白虎山的強盜毛頭星孔明和獨火星孔亮兩兄弟也率領小嘍囉投奔二龍山。

孔明對魯智深和楊志說：「這個呼延灼非常厲害，我們三座山必須聯合起來對付他。」孔亮說：「我們三座山的人馬聯合起來，進攻青州，給那慕容知府一點顏色看看！」楊志卻說：「若要攻打青州，必須有更多的人馬，而且現在又多了一個呼延灼，更是增加了一營的兵力。俺知道梁山泊的大英雄，江湖上都稱他及時雨的宋公明先生，他又是呼延灼的仇人，俺們為何不去投奔他，請他幫忙破青州？」武松也說：「對！大夥都去投奔公明哥哥！」魯智深大叫說：「今天也有人說宋公明好，明天也有人說宋公明好，大家都在說他的名字，我耳朵都聽聾了！想必這是個奇男子，所以能夠名聞天下，可惜俺不曾和他相會，今天大夥都去投奔梁山泊吧！」

於是桃花山、二龍山和白虎山的好漢們全部加入了梁山泊的陣營。魯智深見到林沖，兩人抱在一起說了些分別後的遭遇，武松見到宋江，就拉著他一直說話；然後晁蓋、宋江又和魯智深、楊志見面，當然又是英雄惜好漢，好漢惜英雄的場面了。

魯智深要求晁蓋和宋江出兵攻破青州，可以解除梁山泊的後顧之憂，楊志說：「本來只要聯合我們三座山的力量，就可以輕取青州，只是現在多了個呼延灼，等於多了一營的兵力，所以我們要求梁山泊的幫助。」武松也插嘴說：「只要捉到呼延灼這個人，攻取青州，就像捏死一隻螞蟻一樣！」晁蓋和宋江都點頭表示同意。吳用卻笑著說：「對付呼延灼這個人，不能硬拚，只能智取，我已經有計謀了。」

大家商量完畢，宋江率領秦明和花榮以及幾千個小嘍囉進軍到離青州城五里外的地方紮營，城門上的軍士馬上報告呼延灼說：「宋江一個人站在左邊的高崗上，不知道在看什麼。」呼延灼立刻騎著寶馬要去捉宋江，來到高崗上，卻連半個人影也沒看到，呼延灼非常生氣，忽然看到秦明和花榮兩個人在樹林裡面叫陣，呼延灼鞭動馬鞭，閃進林子裡，馬一踩在枯枝上，呼延灼連人帶馬都跌到宋江事先設計好的土坑中，五十個小嘍囉早就拿著大網衝上來，活捉呼延灼到宋江駐地的營帳中。

宋江看到呼延灼，馬上替他鬆綁，說：「我宋江也不是願意當強盜，只是受到連累，走錯一步，犯了大罪，官府又不調查清楚，我只得逃到水泊暫時躲避，等待朝廷赦罪招安。沒想到卻勞動將軍神力來征討，今天有冒犯的地方，還請將軍原諒！」呼延灼說：「我已經被你們捉住了，你為什麼還要對我那麼客氣呢？」宋江說：「我希望將軍留下來，如果將軍回去京城，高太尉心地狹小，一定會判你打敗仗的重罪；現在將軍的部屬韓滔、彭玘和凌振都已經加入梁山泊了，希望將軍也能入夥，共同等待朝廷赦罪招安，再一起報效朝廷不遲啊！」呼延灼想了半天，終於被宋江的誠意感動，決定加入梁山泊，希望以後能獲得天子的赦罪，再為國家盡力。

梁山泊因為得到呼延灼的幫助，很快地攻佔了青州，宋江大隊人馬進了青州城，宋江命令部下：不能傷害老百姓的生命和錢財。又把青州的貪官汙吏當著老百姓的面前殺了，將這些人所榨得的米糧錢財分散給城內的老百姓，一切安排妥當後，宋江率大軍回到梁山泊，晁蓋早就擺設好慶功宴為宋江洗塵了。

過了幾天，魯智深又寫信給在華州華陰縣少華山上當強盜的九紋龍史進，要他一起加入梁山泊，於是史進

華州：在今陝西省華縣。
華陰縣：在今陝西省華陰縣。

又帶了一夥好漢來投奔梁山泊，梁山泊的勢力達到鼎盛的地步。

這一天，山下小嘍囉在蘆葦叢中捉到一個人，認為是官府派來的探子，就把他捉上山去，那個人看見晁蓋和宋江就說：「小人叫做金毛犬段景住，靠盜馬維生。前兩個月，小人在北邊盜得一匹好馬，全身雪白，沒有一根雜色的毛，美麗極了，那馬一天可以跑千里路，人稱『照夜玉獅子馬』，是商人準備賣給大金王子的。我偷了那匹馬後，本來是要獻給及時雨宋公明先生，做為我加入梁山泊的禮物，沒想到經過凌州西南的曾頭市，卻被那裡的曾家五虎搶去了，我說這馬是宋公明先生的，他們還說了很多髒話，罵宋先生，我沒辦法，只好空手來梁山泊了。」

宋江叫小嘍囉先安頓好段景住，然後派神行太保戴宗前去曾頭市打聽寶馬的消息。戴宗去了二、三天就回來了，對大家說：「曾頭市共有三千多戶人家，由曾頭五兄弟管理著，他們的確有一匹寶馬。最可恨的是他們製作一首歌曲，要曾頭市的老百姓學著唱，所以大街小巷都會唱了。」

晁蓋和宋江異口同聲地問：「什麼歌曲？」

第二十九回　晁蓋中箭與盧俊義被囚

戴宗說：「那歌詞是：『……掃蕩梁山清水泊，勦除晁蓋上東京！生擒及時雨，活捉智多星！曾家生五虎，天下盡聞名……』」晁蓋聽了，大怒說：「好大的口氣！我倒要看看他們有什麼能耐？」於是晁蓋率領二十個首領、五千名小嘍囉，親自去曾頭市，宋江和吳用留守梁山泊。

晁蓋進軍到離曾頭市十里路的郊外，命令小嘍囉紮營，並派人去曾市頭打聽消息，小嘍囉回報說：「曾頭市一切都很平靜，並沒有防備的樣子。」晁蓋下令說：「明天拂曉進攻！」到了半夜，梁山泊的人馬都在營帳睡覺的時候，只聽見四周金鼓齊響，接著營帳都著火了，梁山泊的好漢們跑出營帳一看，守衛的小嘍囉全部中箭死了。晁蓋和眾將領率軍從小路逃開著火的營帳，走沒幾步路，亂箭迎面射來，大家紛紛躲避，晁蓋頭頂正中一箭，應聲倒在地上，劉唐、白勝和呼延灼把晁蓋托上馬，衝出重圍，逃回梁山泊去了。

林沖集合剩下的小嘍囉，殺出一條生路，和眾將領會合，撤退回山寨去。

晁蓋被架上山寨，大家拔出他頭頂上的箭，上面刻有「史文恭」三個字，原來是隻毒箭，晁蓋連水都不能喝了，過沒多久，晁蓋臉色轉白，梁山泊的好漢全都束手無策，突然晁蓋白眼一翻，吐出兩口氣死了，大家圍在晁蓋屍體旁，哭聲響遍整個聚義大廳。

吳用向哀傷的好漢們說：「晁首領已經死了，山寨不可一天沒有領袖，所以請宋公明坐第一把交椅，發號司令。」大家紛紛同意。宋江說：「小可承蒙大家厚愛，暫時坐在這個位子上，有誰能夠捉到史文恭，替晁首領報仇，誰就是梁山泊的首領。」大家都服從宋江的旨令。宋江接著又說：「本來我們應該馬上發動大軍踩平曾頭市的，但是山寨內有喪事，出兵不吉利，還是等晁首領百日以後再發兵吧！」於是大家開始盡心盡力辦理喪事。

這一天山下小嘍囉來報告說：「山下有一個員外模樣的人，帶領二十輛裝載貨物的車子經過。」宋江馬上下令再去打聽那個員外的名字，不久，小嘍囉回報說：

「那是北京城的第一長者，叫做玉麒麟盧俊義。」吳用對宋江說：「這個盧員外在北京大名府很有地位，他的名聲也遠播天下，如果梁山泊能得到這個人的幫助，實力又可增強一倍。」宋江說：「我們怎樣能夠讓這麼有地位的人加入山寨呢？」吳用笑說：「先把他騙上山寨，再慢慢勸他。」

於是宋江派出十位首領，率領五千名小嘍囉把盧俊義的商隊衝散，又派張順等人，划著小船在湖邊等候，等到盧俊義逃到湖邊叫船時，就把他騙到山寨來。吳用又率領十個首領和小嘍囉們把商隊趕到樹林中，集合好，吳用對商隊的李總管說：「你們的主人已經和我們商定，他要留下來坐梁山泊的第二把交椅，所以我們不會傷害你們，也不搶你們的貨物，你們趕快走吧！」盧俊義的部屬卻都坐著不動。吳用又說：「你們不相信我的話嗎？我這裡有一首你們員外親手寫的詩，我唸給你們聽：

蘆花灘上有扁舟，俊傑黃昏獨自遊，
義士手提三尺劍，反時須斬逆臣頭。

這首詩的每句的頭一字合起來，正包藏了『盧俊義反』四個字，你們看這首詩吧！」於是吳用把事先摹做盧俊義筆跡寫好的反詩，拿給大家看，大家才相信盧員外已經加入梁山泊，一行人收拾散亂的貨物，趕回北京去了。

盧俊義被押上山寨，宋江馬上請盧俊義坐上座，說明請他加入山寨的意思，盧俊義堅持不肯，宋江就請他先在山寨住幾天。盧俊義在梁山泊一住半個月，這一天盧俊義感謝眾首領的好意，但仍堅持回北京去，宋江和吳用再次挽留，卻挽留不住，只得送盧俊義下山。

盧俊義歸心似箭，連夜奔波，走了半個月才到達北京郊外。這天早上，盧俊義在北京郊外，準備趕進城時，一個穿著破破爛爛衣服的流浪漢，跑到盧俊義面前，跪下就哭，盧俊義一看，原來是他跟班的僕人，名叫浪子燕青，盧俊義把他扶起來，問他怎麼會變成這個樣子？燕青說：「自從在梁山泊和主人失散後，我就沿路打聽主人下落，回到北京，後來聽李總管對夫人說主人歸順山賊，坐了第二把交椅，夫人就去官府報案了；我相信主人不會當強盜，所以流落在這郊外打點零工，順便等候主人，總算讓我等到了。」

盧俊義聽說他的太太向官府報案，說他當了強盜，非常生氣，趕緊進城，跑回家中，四處尋找太太要證實這件事情。盧俊義一腳踩進客廳時，卻被幾個在那裡守候消息的捕快捉住，押到梁中書的住處。

梁中書坐在大廳上，大怒說：「你是北京城有頭有臉的人物，為什麼要投靠梁山泊，成為第二首領？還寫下造反詩？現在跑回北京來，又有什麼陰謀？」盧俊義說：「小人是清白的！小人是冤枉的！」梁中書說：「你在梁山泊一住半個月，卻沒受半點傷，你回來一定有陰謀的，我看不打你是不會招的。」於是梁中書下令左右士卒，把盧俊義狠狠打了一頓。盧俊義被打得昏死了三、四次，最後實在挨不住，只得招認自己是梁山泊的奸細。

浪子燕青連續幾天在北京城打聽盧俊義的消息，後來聽說他已經招認自己是梁山泊派下來的奸細，官府已經訂下日期，準備斬首示眾。燕青立刻跑到梁山泊去，向宋江說了這件事，請宋江救他的主人。宋江對眾首領說：「當初我們本想邀盧員外入夥，沒想到害他受苦，為了山寨的名聲與大義，我們必須去大名府救盧員外。」吳用接著說：「我早就想要去北京借糧借米了，現在正是個機會，請兄長選個吉日，分一半人馬守山寨，另一半人馬去攻打北京城。」李逵也叫說：「我這兩板鐵斧，好久沒用，都快生銹了。」

於是宋江分派人馬，選擇好的時辰，向北京城進軍。梁中書聽說梁山泊大舉兵馬進攻北京城，一時慌了手腳，馬上找來軍師，問他怎麼辦？軍師答說：「主帥可以派急先鋒索超，大刀聞達和天王李成三個人嚴守北京城，梁山泊兵馬再厲害，一時也攻不下來；主帥趕快派飛馬回報京師，請主帥的岳父大人蔡太師派救兵來。」梁中書趕忙依照軍師的建議進行。

樞密院：宋朝的常設機關，專掌軍政，與中書省分執朝政，號為二府。

蔡京在京城接到梁中書的快馬傳書，立刻召集朝廷軍事最高機構——樞密院的官員開了一次緊急會議，當官員們聽到梁山泊大軍圍攻北京大名府的消息時，都嚇呆了。只聽見防禦部長宣贊說：「下官家鄉有個英雄，名叫大刀關勝，可以請他率兵去救援北京城。」蔡京聽了說：「那就趕快派人接他來，這件事就交給你負責，這次一定要平定梁山泊的賊寇，不能再失敗了。」於是宣贊立刻派人接關勝進京。

關勝帶了他的好朋友井木犴郝思文一同見了宣贊，宣贊又帶他們拜見蔡京。蔡京看到關勝儀表堂堂，氣宇不凡，就問他說：「梁山泊賊寇圍困北京大名府，將軍有什麼妙法解圍呢？」關勝說：「我早就聽說梁山泊賊人佔據水泊，侵擾附近城鎮鄉里；今天他們大軍進攻北京，山寨一定空虛，請太師給我兩萬精兵，先進攻梁山泊，斷絕他們的退路，再替北京解圍。」蔡京聽了，非常高興，就命令樞密院調派兩萬精兵，由關勝率領，直逼梁山泊山寨。

第三十回

關勝、索超分別加入梁山泊

宋江率兵圍攻北京城，卻因為索超等人堅守城池，所以一直攻不下來，宋江每天鬱悶不樂；這天，正在營帳中看玄女天書時，吳用進到帳中，對宋江說：「我們圍攻北京城已經這麼多天了，卻不見救兵來援助，我擔心京師的蔡京趁這個機會，派遣善戰的猛將率軍進攻我梁山大寨？這樣大事就不妙了。」話還沒說完，就聽見神行太保戴宗來到營帳中，說：「京師蔡京派遣大刀關勝率兩萬精兵進攻山寨，山寨頭領意見紛雜，還請兄長趕快收兵，回去應敵。」於是宋江趁著夜間分批撤軍。

宋江的兵馬撤回梁山泊的路上，正好和關勝的兩萬精兵遭遇，宋江看到關勝儀表堂堂，氣宇軒昂，又看到那兩萬精兵紀律嚴整，和吳用都讚嘆起來，忍不住對眾頭領說：「關勝果然名不虛傳！」林沖聽了，大叫說：「我們怎麼可以滅了自己的威風！」就挺起鎗矛，出去叫陣。

關勝看到林沖卻說：「你給我叫宋江出來，我要問他為什麼背叛朝廷，聚集賊寇作亂？」宋江遠遠聽到，就上到陣前來，叫林沖退下去，然後對關勝說：「我是鄆城小官宋江，身遭不白冤情，官府又不明察，才會投奔梁山泊；而且今天朝廷上下，奸臣把持國政，殘害忠良義士，充滿貪官汙吏，像關將軍這樣的人才，只是被這些禍國殃民的奸臣利用而已，我宋江等人，就是準備剷除奸臣，為天下百姓謀求幸福的生活。」關勝聽了，大叫說：「明明是亂民賊寇，還講那麼多的道理！趕快下馬受縛，不然讓你粉身碎骨！」

林沖和秦明聽到關勝大叫，一齊衝了上來，兩個人左右圍攻關勝，三人鬥得三百回合，眼看關勝有點抵擋不住，宋江卻大叫收兵回寨，林沖和秦明覺得莫名其妙，忍著滿肚子火氣不敢發作。關勝也收兵駐紮在梁山泊附近的坡地上。

宋江在聚義廳說：「今天林沖和秦明兩人戰關勝，本來可以贏的，我擔心關勝的精兵看見主帥敗陣下去，就一舉衝過來，我們可就抵擋不住了，所以先叫大家回到山寨嚴加防守，再用計騙關勝入夥。」說完朝吳用看了一眼，吳用笑了笑，表示已經有了計策了。

當天夜晚，天上飄飛著小雪，大地換上一片白色的新裝，關勝在駐地上，看著湖邊的雪景，想起宋江說的話來，他覺得宋江說的「奸臣誤國」，的確有幾分道理，正想得出神的時候，忽然思緒被傳令小卒打斷了，小卒報告說：「有一個鬍鬚將軍，說是從梁山泊下來，有要緊事要見元帥。」關勝說：「只有他一人嗎？」小卒說：「前後都搜查過了，只有他一個人。」關勝說：「叫他進來帳中。」

那人進到帳中，關勝一看，原來是呼延灼，呼延灼說：「小將是雙鞭呼延灼，幾個月前朝廷高太尉曾命令我率領『鐵甲武士陣』征討梁山泊，結果我誤中賊寇陷阱，被逼入夥。昨天聽到將軍帶兩萬精兵來征伐梁山泊，正是我重獲自由的時候，所以我冒險來這裡，為將軍指點進攻山寨的捷徑。」關勝聽了非常高興，馬上要去命令士兵整理裝備，準備進擊。呼延灼急忙阻止關勝說：「將軍先不要著急，否則打草驚蛇就壞事了；將軍可以率五百名勇士，隨我走小路，攻進賊巢，殺得他措手不及，其他的人馬再從正面進攻，不是更好！」

於是關勝命令郝思文去挑選五百勇士，走小路上山寨，其他的軍士準備好船隻，配合先鋒部隊，從正面進攻。呼延灼引關勝等官兵深入樹林中，忽然四面一聲大響，從樹頂掉下許多大網來，關勝和郝思文以及五百勇士都中計了，關勝被捉到聚義大廳上，看到宋江軍紀嚴明，的確有為國除奸臣的心意，就接受宋江、吳用的勸告，和郝思文一起入夥了。關勝率領的兩萬兵卒，見主帥投降梁山泊，有的也紛紛加入山寨，有不願意入夥的，宋江也送給他們馬匹、財物，讓他們回家去。

梁山泊又擺起酒宴，慶賀不必流血戰爭，就招服了關勝的軍隊，共同替天行道。大家喝得正高興的時候，宋江忽然流著淚說：「梁山泊是靠兄弟間的義氣才有今天這麼興旺的場面，可是晁首領被曾頭市史文恭及曾家五虎射死的仇還沒報，盧員外因為我們還被囚在北京大名府的地牢中，等待斬首，這兩件事對我們用『大義』號召天下志士的名聲有很大損傷，我們明天就舉兵，再度攻打大名府，救出盧員外。」關勝聽了，很受感動說：「關某為了報達寨主的厚愛，願為先鋒部隊。」於是宋江重新分配人馬，第二次進軍北京大名府。

梁中書正在大廳和索超、聞達、李成三人喝酒，忽然士兵來報說：「梁山泊又大舉來攻，先鋒部隊由剛剛背反朝廷的大刀關勝率領。」梁中書聽了嚇了一大跳，索超也跳了起來，下令全城進入戒備狀態。

這個時候，正是隆冬天氣，北京城內外颳著大雪，天地一片白色，宋江大軍駐紮在北京郊外，吳用對宋江說：「這場大雪幫了我們大忙，如果明天再下大雪，我就有辦法捉住護城將軍索超。」宋江說：「軍師有什麼妙計呢？」吳用小聲在宋江耳邊說了計策，宋江聽完，大笑說：「果然妙呀！」

第二天早上，果然颳著大雪，地下也積著厚厚的雪，宋江就把計畫告訴關勝，要他依計行事。關勝領了宋江的命令，率領一千名小嘍囉來到北京城下叫陣，索超看見是關勝，大罵說：「反賊，不知廉恥！」關勝卻說：「請元帥把眼睛睜開，不要再替奸臣貪官賣命了！不如加入梁山泊陣營，共同為國家百姓謀幸福。」索超聽了，恨得牙癢癢的，立刻開城門，出去迎戰關勝，兩人戰了四十回合，關勝故意失招戰敗，率領小嘍囉逃上山坡。索超一心想要活捉關勝，也率領部卒，追了過去；當關勝人馬已經逃上山坡時，索超的兵馬才爬到半山坡，原來埋伏在山坡上的宋江人馬，從山坡上推下幾百個大雪球，剎那間，雪花四濺，雪球愈滾愈大，索超的兵馬全都被雪球捲了進去，同雪球一起滾到山腳下，吳用率領一千名小嘍囉，早就埋伏在山腳下等候了，於是吳用施展雪球大戰的計策，成功地生擒了索超。

宋江在營帳中接待了索超，宋江對索超說：「將軍你看我們兄弟中，有大半原本都是朝廷的軍官，不是我們想要造反，只是不殺光那些貪官汙吏，國家不會強盛，百姓也不能安居樂業；請將軍仔細考慮、考慮，協助宋江，一同替天行道。」索超看見宋江那麼有誠意，而且說的話也十分有理，不得不佩服宋江起來，於是答應宋江，為山寨盡力。

於是索超帶領梁山泊人馬，騙過北京城門守衛的官兵，殺進城內，宋江率大軍從後面蜂擁進城，宋江命令兵分四路，圍攻梁中書住宅，並嚴禁部卒侵擾老百姓。梁中書在聽到索超騙得守城門官員大開城門，讓宋江大軍衝進城裡時，立刻收拾財寶，在聞達和李成的護衛下，慌慌張張地由後城門逃走了。

宋江馬上到大牢裡把盧俊義接出來，由盧俊義出面安撫地方上的官員百姓，由於盧俊義在北京城德高望重，大家很聽他的話，所以北京城一下子就由騷亂恢復平靜，梁山泊的人馬在北京城停留兩天，然後分批回去山寨。

第三十一回　梁山泊大破曾頭市

梁山泊的人馬回到山寨，宋江在聚義廳裡請盧員外坐第一把交椅，盧俊義推辭不肯，宋江再三請求，盧俊義只是推辭，李逵忍耐不住，大叫說：「宋江哥哥真不爽快，才坐了沒幾天，就要讓別人了，難道這椅子是金子做的，那麼寶貴？大家只管讓來讓去，不要吵煩了我，我把這張椅子劈了！」宋江喝止李逵說：「你這混蛋！說什麼話！……」盧俊義慌忙拜下說：「如果哥哥一直這樣讓著，盧某情願下山。」李逵又插嘴說：「若是哥哥做個皇帝，盧員外做個丞相，我們今天都住在皇帝殿堂裡，爭讓這個位子還有點兒意義；現在我們都在水泊子裡當強盜，這聚義廳也不比那皇帝殿堂，這樣亂鬧沒啥意思，我看就照舊吧！」

宋江聽了李逵的話，氣得說不出話來，吳用勸說：「我看公明哥哥還是坐第一位，盧員外就屈就第二位，以後有大功，再讓位也不遲。現在我們要擔心的是，朝廷兩次三番派將領兵來征討，許多將領都加入了我們梁山泊的大義，我們又大破北京大名府，趕得梁中書慌忙逃出北京，他一定逃到京師投靠他岳父蔡京，蔡京是當朝宰相，這次一定會發起更多兵馬來征討的。」宋江說：「軍師說得很有道理，趕快命令探子到京師去探聽消息。」吳用笑說：「小弟已經派人去了。」

諫議大夫：簡稱諫議。掌管諫諍及議論。

大家正在喝酒的時候，探子回來報告說：「蔡京已經把咱們攻破大名府的事呈奏天子知道，有諫議大夫趙鼎奏請天子招安赦罪，不過蔡京全力反對，當著殿上喝罵趙鼎，立刻免去他的官職。現在已經調遣凌州單廷珪、魏定國兩位將軍，準備再來征討。」宋江聽了說：「有誰願意領兵替山寨抵擋這一陣？」關勝站了出來說：「關某自從上了山寨，還沒有出過半分力氣；凌州單廷珪、魏定國兩位將軍，人稱「水火將軍」，曾經和關某是結拜兄弟，關某願意去勸他們加入山寨，如果他們不願意，我們再用兵也不遲。」宋江說：「那太好了！」於是撥五千名小嘍囉給關勝，在金沙灘替關勝送行。

關勝與副手郝思文領兵出發後，宋江又派林沖、楊志各率三千名小嘍囉分兩路監視關勝的行動，以免他又反叛梁山泊。結果關勝是個好漢子，義薄雲天，感動了水火二將，帶著他們回到山寨，宋江為自己誤會關勝的人品和行為感到慚愧不安。

眾首領在聚義廳擺設酒宴慶賀關勝不費一兵一卒，就為山寨添了兩名猛將，大家喝得正高興的時候，金毛犬段景住慌慌張張跑進了聚義廳，宋江問說：「我命令你去北方挑選好馬，馬買回來沒有？為什麼慌慌張張的？」段景住上氣不接下氣地說：「我去北方挑選了上好的馬匹和馬種共五百多頭，走到凌州郊外，又給曾頭市那幫人搶了去，我連夜逃回來，報告首領這個消息。」

宋江聽了，大怒說：「晁首領被他們射死的大仇還沒報，今天竟然又搶了我們的馬匹，這口氣怎麼嚥得下去！」吳用說：「再過幾天就是晁首領的百天忌日，哥哥可以先派人去曾頭市打聽消息，我們再選擇百天忌日這天出兵，晁首領在天之靈會保佑我們一舉成功的。」於是宋江就派奸細去曾頭市打探消息。

奸細回來報告說：「曾頭市裡面現在佈置了五個寨柵，最前面二千多人守住村口，由總教練史文恭負責把守；北寨是長子曾塗把守；南寨是次子曾密；西寨是三子曾索；東寨是四子曾魁；中寨是五子曾昇與父親曾弄，史文恭還說出狂言，說梁山泊要敢侵犯他們，絕對不放一個活口回去！」宋江聽了，立刻召集眾首領開會，吳用說：「既然他設下五個寨柵，我們就分調五支軍隊，從五路進攻。」宋江當場分配了五路的人馬，梁山泊的大軍就在晁蓋百天忌日的那天，浩浩蕩蕩地向曾頭市逼去。

曾弄聽到梁山泊又發兵來攻曾頭市，馬上把教練史文恭和五個兒子叫來，開了一次緊急會議，史文恭說：「我已經在東西南北四個寨設下許多坑洞陷阱，現在就怕他們不進來，只要進來，就叫他們全都葬身陷阱當中。」曾弄又教五個兒子好好防守寨柵。

宋江的五路兵馬走到曾頭市郊外時，奸細又回報說：「曾頭市五個寨柵設下許多坑洞陷阱，就等我們進去！」宋江聽了，就下令南、西、東三路人馬駐紮在寨柵的外圍也挖了許多坑洞，實行包圍戰略，宋江自己率領本部和北路人馬圍住北邊寨柵；宋江又聽從吳用的計策，派遣單廷珪和魏定國率領官軍部隊，假裝來支援曾頭市。單廷珪和魏定國水火二將率兵進入曾頭市，見了曾弄和總教練史文恭，說：「朝廷得到梁山泊攻打曾頭市的消息，知道曾大爺和史文恭教練一向都心向朝廷，尤其曾家五虎，個個年輕有為，曾頭市是剷平梁山泊強賊的希望，所以派我們前來助陣。」

曾弄聽了，非常高興，就和大家商議，晚上的時候，由單廷珪、魏定國和長子曾塗率兵偷襲駐紮在北邊寨柵外的宋江部隊。當曾塗率領曾頭市二千多個民兵打頭陣，趁黑偷襲宋江的營地時，宋江早就得到水火二將的密報，把人馬都撤退開了，曾塗撲了個空，心想中計了，馬上命令撤軍，宋江的兵馬從四面八方包圍上來，曾塗以為水火二將會來替他解圍，他不知道水火二將正率領軍隊攻擊西邊曾索防守的寨柵。

結果曾塗的二千民兵全部戰死，曾塗也被李逵殺了，於是宋江率領本部和北路軍隊，從北邊寨柵進入曾頭市，然後兵分兩路，本部軍攻打中寨，北路軍攻打東寨。

防守西寨的曾索沒有想到水火二將會來攻打他，結果被逼得逃出城外，又遇上秦明、花榮率領的西路軍，曾索抵擋不住，當場被消滅了。防守東寨的曾魁也不知道由關勝率領的北路軍從那裡衝進曾頭市的，他的東寨守兵被偷襲，死傷大半，剩下的人馬只得往城外逃去，卻又遇上由楊志、林沖率領的東路軍，結果曾魁東寨也被攻下來。

於是梁山泊軍隊從三面進攻曾頭市的中寨，一是宋江本部軍隊，一是水火二將的官軍和秦明、花榮的西路軍會合後的軍隊，一是關勝的北路軍和楊志、林沖的東路軍會合後的軍隊。曾弄在中寨聽到北、東、西三寨都被攻破，又找不到教練史文恭，只有絕望地自殺了，於是梁山泊的軍隊很順利的在中寨會合了。宋江又命令北、東、西三路軍編成一路，繼續進攻南寨柵，宋江自己和水火二將的部隊則坐鎮中寨。

史文恭在聽到梁山泊攻破北邊寨柵時，就率領自己的二千民兵，跑到南寨曾密的陣地，和曾密商量，一齊衝出重圍，結果曾密被由魯智深和武松率領的南路軍阻擋住，曾密被斬成兩半，部屬也全都投降了。史文恭只帶了五十多人殺出重圍，向山上的樹林逃去，當史文恭逃到半山腰時，從樹林裡閃出一隊人馬來，領頭的正是玉麒麟盧俊義，盧俊義大叫一聲：「畜生！還我晁首領的命來！」一鎗刺進史文恭的胸膛，鮮血噴射出來，史文恭倒在地上死了。盧俊義割下史文恭的頭顱，回去和宋江會合。

一場大戰，戰到黎明才結束，宋江騎著那匹「照夜玉獅子馬」，梁山泊的部卒也把曾頭市洗劫一空，大隊人馬獲得全勝，凱旋回到山寨。

第三十二回

梁山泊再破東平、東昌府

梁山泊好漢回到山寨後，宋江命令聖手書生蕭讓作了一篇祭文，山寨大小首領全都披麻帶孝，把史文恭人頭放在供桌上，祭拜晁蓋在天之靈。祭拜完畢後，宋江對大家說：「晁首領死的時候，我們眾兄弟曾經宣誓說，有誰捉了史文恭替首領報仇，大家就尊他為山寨首領，現在史文恭的頭顱是盧員外割下來的，我們應該尊他為山寨首領。」盧俊義慌忙地說：「小弟無德無能，加入山寨時間太短，不能擔當這麼大的責任。」
宋江說：「這是我們大家共同的約定，盧員外就不要再謙讓了。」盧俊義拜倒在地上說：「兄長若是真要我當首領，我死也難遵從。」吳用接著說：「大家的意思是，宋江哥哥仍坐第一位，盧員外坐第二位，宋江哥哥就不必再推讓了！」說完，拿眼神瞟著李逵、武松、劉虎、三阮和魯智深等人。大家都懂得吳用的意思，就上來勸宋江仍舊坐領袖的位子，繼續領導大家。

宋江看到眾首領堅持要他當首領，可是又不好違背當初的誓言，於是說：「我看這樣好了，梁山泊東邊有兩個州府，一個是東平府，一個是東昌府，我和盧員外一人去攻打一個州府，誰要先攻破城池，凱旋回來，誰就是梁山泊的首領。」眾首領都表示贊成，於是宋江和盧俊義兩人抽簽決定要攻打的州府，結果宋江抽中東平府，盧俊義抽中東昌府。

東平府只有一個武官，名叫雙鎗將董平，宋江知道董平是個莽夫，非常衝動，就在城門下叫陣說：「你一個小小的武官，怎麼能夠抵擋我手下的十萬雄兵？你趕快投降吧！我可以免你一死！」董平大怒說：「你這個該死的狂徒！竟敢胡言亂語！」說完，挺起雙鎗，向宋江衝過去，宋江左右的秦明和花榮兩個人上前應敵，三人鬥了兩、三回合，秦明和花榮就退下去，宋江軍馬假裝失敗，向四周奔逃。

董平好勇鬥勝，率兵直追宋江，宋江故意跑到一條小路上，董平不知道是陷阱，也追了過去，卻被埋伏在草叢的王矮虎、一丈青、張青和孫二娘兵馬絆倒，董平

東平府：在今山東省東平縣。

東昌府：在今山東省聊城縣。

被活捉到宋江面前。宋江馬上解開董平身上的繩索，邀他加入山寨，董平看宋江很重義氣，就答應騙開東平府大門，讓宋江兵馬很容易地佔領東平府。

宋江佔領東平府後，正要命令兵馬回轉山寨的時候，卻聽見白勝報告說：「盧員外去攻打東昌府，已經有兩個首領被飛石打傷。東昌府的守將叫做沒羽箭張清，使用飛石暗器，百發百中，沒有人能夠躲得了。他手下還有兩名副將，一個叫做花項虎龔旺，一個叫做中箭虎丁得孫，也是十分厲害。盧員外只能僵持在東昌府郊外，所以吳用軍師特命小可來請哥哥趕過去救應。」

於是宋江率兵由東平府到了東昌府郊外，這個時候又有五、六名首領被飛石暗器打傷了，宋江見了吳用和盧俊義，說：「這個張清連續打傷我們八員將領，真是

僵持：相持不下。

一員猛將，這種人才應該替梁山泊效力才對！」吳用說：「在陸地上，我們躲不過張清的暗器，現在只有把他騙到水裡面，再活捉他。」宋江說：「軍師有什麼妙計嗎？」於是吳用把計策說給宋江和盧俊義知道。

第二天，太守和張清正在城樓上商議應敵計策時，小卒來報告說：「城外的河流上，出現許多糧草船。」太守說：「會不會是梁山泊賊寇耍的詭計，再去打聽清楚。」不久小卒又回報說：「船上的米袋露出來，都是米，那一定是梁山泊支援宋江和盧俊義的米糧。」張清說：「今天晚上，我率兵趁黑去搶他的糧食。」太守說：「這計策很妙！」

到了晚上，張清率領二千名士卒，悄悄出城，趁著滿天的星光，摸到河邊的糧食船上，忽然間，烏雲密布，颳起一陣狂風，有的士兵站不穩，都被吹到河裡去了，原來這是公孫勝施行的法術。

張清心裡很慌張，命令趕快退兵，卻找不到退路，忽然從四面響起一陣叫喊聲，卻看不到半個人影。張清的兵馬全部退回水邊，想要上船，但是船都漂到河中央去了。於是張清的人馬都被公孫勝的法術逼到水裡面，水裡卻有李俊、張橫、張順、三阮、童威和童猛八個水軍首領，率領水軍部卒，把張清的人馬一一活捉了。

宋江聽到捉到了張清，立刻下令進攻東昌府，太守聽到炮聲大響，嚇得趕快打開城門，舉白旗投降了。

梁山泊的軍隊在攻破東昌府後，很快地回到山寨，宋江和眾首領聚集在聚義廳上，水軍把張清押了上來，許多曾經被張清用飛石暗器打傷的首領，都紛紛上前要找張清算帳，宋江叫大家退到一旁，說：「張將軍也只是盡他的職責，保護東昌府罷了！」於是宋江親自替張清鬆綁，邀他加入梁山泊的大義行列。張清看見宋江很有誠意，就和兩個副將都歸順梁山泊了。

宋江非常高興，趕快命令小嘍囉擺起酒席，慶賀梁山泊又增加了新的頭目。大家喝得正熱烈的時候，宋江數了一下在聚義廳的首領，總共有一百零八人，宋江舉起酒杯敬大家，然後說：「自從宋江在江州犯下案件，逃到梁山泊來躲避，又仰賴各位弟兄的扶助，使宋江成為山寨的首領。今天在這裡聚集了一百零八位來自四面八方的英雄好漢，實在是難得而盛大的場面，這使得宋江興起舉辦一場法事的念頭，一來祈求天地神明保佑弟兄們身心安樂；二來希望朝廷早日赦罪招安，弟兄們也可以重新做人，為國家百姓盡一分力量；三來祭拜晁首領在天之靈；四來超渡無辜被害的弟兄、官軍和老百姓們，不知道各位弟兄贊不贊成？」

大家都說：「這是善果好事，哥哥想得真周到！」吳用接著說：「那就請公孫道士全力負責這件事情，到各地方邀請得道的高士，上梁山泊來，舉行一場盛大的法事。」

宋江又徵求大家的同意，把「聚義堂」改成「忠義堂」，大家商議四月十五日到二十二日，連續七晝夜，舉辦一場盛大的法事。公孫勝立刻下山邀請道士，和採買一些必須的用具。

四月十五日那天，公孫勝站在壇桌前面，後面站了四十九名道士，再後面是宋江等一百零八個首領，小嘍囉就站在首領的後面，眾首領依次拈香祭拜後，法事就開始了，連續不眠不休進行了七天。

到了第七天三更的時候，天上忽然一聲大響，像衣服被撕開一樣，西北方的天空裂開一個大縫，從裡面射出五彩的光芒，照得人眼睛都睜不開來，剎那間，從五彩的光芒中間捲出一塊火來，直飛過道壇前，鑽入南方的地底去了。

第三十三回　梁山泊盧俊義驚惡夢

宋江看見那塊火團鑽進地底，馬上叫小嘍囉拿鐵鍬鋤頭掘開泥土，赫然發現一塊大青石板，四面都刻著龍章鳳篆的古文字，沒有一個人看得懂。

有一個道士站出來說：「小道家裡，祖上傳下來一本書籍，可以辨識古文字。」宋江馬上命令小嘍囉去道士家裡，把那本書籍拿來，由道士對照著青石板，一個字一個字地翻譯。那個道士看了很久，然後說：「這塊石板的兩邊側面，一面刻的是『替天行道』四個字，一面刻的是『忠義雙全』四個字；至於正反兩面的文字，寫得是梁山泊所有義士的名字，正面有三十六行，是三十六個天罡星，反面有七十二行，是七十二個地煞星。」

宋江叫聖手書生蕭讓拿出毛筆和宣紙，道士唸一句，就寫一句。

青石板前面三十六名天罡星

天魁星——呼保義宋江　天罡星——玉麒麟盧俊義
天機星——智多星吳用　天閒星——入雲龍公孫勝
天勇星——大刀關勝　天雄星——豹子頭林沖
天猛星——霹靂火秦明　天威星——雙鞭呼延灼
天英星——小李廣花榮　天貴星——小旋風柴進
天富星——撲天鵰李應　天滿星——美髯公朱仝
天孤星——花和尚魯智深　天傷星——行者武松

天立星——雙鎗將董平
天捷星——沒羽箭張清
天暗星——青面獸楊志
天佑星——金鎗手徐寧
天空星——急先鋒索超
天速星——神行太保戴宗
天異星——赤髮鬼劉唐
天殺星——黑旋風李逵
天微星——九紋龍史進
天究星——沒遮攔穆弘
天退星——插翅虎雷橫
天壽星——混江龍李俊
天劍星——立地太歲阮小二
天平星——船火兒張橫
天罪星——短命二郎阮小五
天損星——浪裡白條張順
天敗星——活閻羅阮小七
天牢星——病關索楊雄
天慧星——拼命三郎石秀
天暴星——兩頭蛇解珍
天哭星——雙尾蝎解寶
天巧星——浪子燕青

青石板背面七十二名地煞星

地魁星——神機軍師朱武
地煞星——鎮三山黃信

地勇星——病尉遲孫立
地傑星——醜郡馬宣贊
地雄星——井木犴郝思文
地威星——百勝將韓滔
地英星——天目將彭玘
地奇星——聖水將單廷珪
地猛星——神火將魏定國
地文星——聖手書生蕭讓
地正星——鐵面孔目裴宣
地闊星——摩雲金翅歐鵬
地闔星——火眼狻猊鄧飛
地強星——錦毛虎燕順
地暗星——錦豹子楊林
地軸星——轟天雷凌振
地會星——神算子蔣敬
地佐星——小溫侯呂方
地佑星——賽仁貴郭盛
地靈星——神醫安道全
地獸星——紫髯伯皇甫端
地微星——矮腳虎王英
地慧星——一丈青扈三娘
地暴星——喪門神鮑旭
地默星——混世魔王樊瑞
地猖星——毛頭星孔明
地狂星——獨火星孔亮
地飛星——八臂哪吒項充
地走星——飛天大聖李袞
地巧星——玉臂匠金大堅

地明星——鐵笛仙馬麟　　地進星——出洞蛟童威
地退星——翻江蜃童猛　　地滿星——玉旛竿孟康
地遂星——通臂猿侯健　　地周星——跳澗虎陳達
地隱星——白花蛇楊春　　地異星——白面郎君鄭天壽
地理星——九尾龜陶宗旺　　地俊星——鐵扇子宋清
地樂星——鐵叫子樂和　　地捷星——花項虎龔旺
地速星——中箭虎丁得孫　　地鎮星——小遮攔穆春
地羈星——操刀鬼曹正　　地魔星——雲裡金剛宋萬
地妖星——摸著天杜遷　　地幽星——病大蟲薛永
地伏星——金眼彪施思　　地僻星——打虎將李忠
地空星——小霸王周通　　地孤星——金錢豹子湯隆
地全星——鬼臉兒杜興　　地短星——出林龍鄒淵
地角星——獨角龍鄒闊　　地囚星——旱地忽律朱貴
地藏星——笑面虎朱富　　地平星——鐵臂膊蔡福

忽律：鱷魚。有時也寫作「⿰犭忽⿰犭聿」。

地損星——一枝花蔡慶　地奴星——催命判官李立
地察星——青眼虎李雲　地惡星——沒面目焦挺
地醜星——石將軍石勇　地數星——小尉遲孫新
地陰星——母大蟲顧大嫂　地刑星——菜園子張青
地壯星——母夜叉孫二娘　地劣星——活閃婆王定六
地健星——險道神郁保四　地耗星——白日鼠白勝
地賊星——鼓上蚤時遷　地狗星——金毛犬段景住

蕭讓把大家的名字寫出來後，每個人都非常驚訝，異口同聲地說：「原來我們是天上星魁來到人間聚義，上天既然要我們『忠義雙全』、『替天行道』，我們千萬不能違背了天意。」宋江拿出五十兩黃金酬謝翻譯古文字的道士，其他的道士也得到一些賞賜，就收拾用具下山了。

宋江坐在「忠義堂」的中間椅子上，和軍師吳用商量重新規劃梁山泊，決定在堂的正中央，掛上一個大牌額，寫上「忠義堂」三個大字。另外由金沙灘上來山寨設置了六個關口，六個關口外面又設置了八個寨口：四個旱寨和四個水寨，各派人負責把守。

又在山頂上樹立兩面黃色旗幟：一面寫著「替天行道」、一面寫著「忠義雙全」；在忠義堂前樹立兩面紅旗：一面寫著「山東呼保義」、一面寫著「河北玉麒麟」；紅旗後面再插上飛龍飛虎旗、飛熊飛豹旗、青龍白虎旗、朱雀玄武旗；再後面就掛上八卦四象旗。

然後再分配各人的職責如下：

梁山泊總兵都首領二名：呼保義宋江、玉麒麟盧俊義。掌管機密軍師二名：智多星吳用、入雲龍公孫勝。

一同參贊軍務首領一名：神機軍師朱武。掌管錢財糧食首領二名：小旋風柴進、撲天鵰李應。

馬軍總管五名：大刀關勝、豹子頭林沖、霹靂火秦明、雙鞭呼延灼、雙鎗將董平。

馬軍先鋒八名：小李廣花榮、金鎗手徐寧、青面獸楊志、急先鋒索超、沒羽箭張清、美髯公朱仝、九紋龍史進、沒遮攔穆弘。

馬軍哨頭十六名：鎮三山黃信、病尉遲孫立、醜郡馬宣贊、井木犴郝思文、百勝將韓滔、天目將彭玘、聖水將單廷珪、神火將魏定國、摩雲金翅歐鵬、火眼狻猊鄧飛、錦毛虎燕順、鐵笛仙馬麟、跳澗虎陳達、白花蛇楊春、錦豹子楊林、小霸王周通。

步軍首領十名：花和尚魯智深、行者武松、赤髮鬼劉唐、插翅虎雷橫、黑旋風李逵、浪子燕青、病關索楊雄、拼命三郎石秀、兩頭蛇解珍、雙尾蝎解寶。

步軍先鋒兼哨頭十七名：混世魔王樊瑞、喪門神鮑旭、八臂哪吒項充、飛天大聖李衮、病大蟲薛永、金眼彪施恩、小遮攔穆春、打虎將李忠、白面郎君鄭天壽、雲裡金剛宋萬、摸著天杜遷、出林龍鄒淵、獨角龍鄒閏、花項虎龔旺、中箭虎丁得孫、沒面目焦挺、石將軍石勇。

四寨水軍首領八名：混江龍李俊、船火兒張橫、浪裡白條張順、立地太歲阮小二，短命二郎阮小五、活閻羅阮小七、出洞蛟童威、翻江蜃童猛。

四店打聽消息，接待來賓首領八名：東山酒店：小尉遲孫新、母大蟲顧大嫂；西山酒店：菜園子張青、母夜叉孫二娘；南山酒店：旱地忽律朱貴、鬼臉兒杜興；

北山酒店：催命判官李立、活閃婆王定六。

總探消息首領一名：神行太保戴宗。軍中走報機密步軍首領四名：鐵叫子樂和、鼓上蚤時遷、金毛犬段景住、白日鼠白勝。守護中軍馬軍戰將二名：小溫侯呂方、賽仁貴郭盛。守護中軍步軍戰將二名：毛頭星孔明、獨火星孔亮。劊子手頭領二名：鐵臂膊蔡福、一枝花蔡慶。專掌三軍內探事馬軍首領二員：矮腳虎王英、一丈青扈三娘。

掌管其他雜事總務首領十六名：抄寫公文一名：聖手書生蕭讓；定功賞罰軍政司一名：鐵面孔目裴宣；考算錢財米糧，支出納入一名：神算子蔣敬；監造大小戰船一名：玉幡竿孟康；專造兵符印信一名：玉臂匠金大堅；專製旌旗袍襖一名：通臂猿侯健；獸醫一名：紫髯伯皇甫端；專治內外科疾病醫生一名：神醫安道全；監督打造軍械器具一名：金錢豹子湯隆；專造大小號炮一員：轟天雷凌振；建築房舍一名：青眼虎李雲；宰殺牲口一名：操刀鬼曹正；擺設筵席一名：鐵扇子宋清；買辦酒醋一名：笑面虎朱富；監督建築梁山泊四面城牆一名：九尾龜陶宗旺；捧「帥」字旗一員：險道神郁保四。

宋江分配完各人的職責後，請大家站在忠義堂前宣誓，宋江站在香爐前面說：「我們既然是天上星辰來到人世相會聚義，必須對天盟誓，大家患難相扶持，生死一條心，共同扶助宋江，完成上天託付給我們的任務。」大家都說：「是！」於是每個人都上前拈香，跪在堂前，由宋江唸了誓文。宣誓完畢，梁山泊好漢們又擺起筵席，大醉一場。

嵇康：三國魏譙郡銍縣人。字叔夜。與阮籍、山濤、向秀等六人交遊，是為竹林七賢。

這天深夜，盧俊義大醉回到房間，忽然看到一個身長手長的人，手裡拿著一張寶弓，說：「我是嵇康，要替大宋皇帝收捕賊人，你們趕快把手腳綁起來，免得我動手！」盧俊義聽了，非常生氣，拔出大刀，砍了過去，砍到那人身上，卻沒有一點反應，原來大刀的鋒口已經折壞了；盧俊義再去牆上找武器，卻發現所有的刀、鎗、劍、戟，缺口的缺口，折斷的折斷，沒有一件是完好的。

那個人不知什麼時候，已經站在盧俊義背後，用力拍一下盧俊義的肩膀，盧俊義痛得跪在地上，站不起來，那個人從腰間拿下腰帶，綁住盧俊義，用力一推：「走！」盧俊義就滾到一間屋子裡；盧俊義擡頭看見一個官員坐在正中央，忽然背後響起一片哭聲，盧俊義回頭一看，宋江等一百零七條好漢都被綁著，推進屋裡來。

盧俊義慌張地問跪在一旁的段景住說：「這是怎麼一回事？」段景住低聲說：「宋江哥哥知道員外被捉來，非常著急，和軍師商議的結果，只有用這條苦肉計，要大家綁住自己，向官府自首，來保住員外的性命⋯⋯」話還沒說完，只聽見那官員拍著桌子大吼說：「你們這些罪大惡極的賊人！朝廷幾次派人收捕你們，你們竟敢公然抗拒官軍；現在卻來搖尾乞憐了，想要朝廷寬恕你們嗎？我今天如果赦免你們的大罪，以後怎能再治理天下呢？而且我怎麼知道你們是誠心投降呢？根本不能相信你們！劊子手準備⋯⋯」

一聲令下，從四面八方衝出來二百一十六個劊子手，正好兩個人對付一個，「行刑！」聲音才托出，大刀就砍了下來，盧俊義嚇得屁滾尿流，滾在地下，原來只是一場噩夢呀！盧俊義微微睜開眼睛，看到一個大匾額掛在房門上，上面寫著：「天下太平」四個大字。

中國古典名著少年版①

水滸傳

1990年2月初版
2003年12月初版第六刷
2009年2月二版
2019年11月三版
有著作權・翻印必究
Printed in Taiwan.

定價：新臺幣270元

原著者 施耐庵
改寫書 陳燁
插畫者 陳士侯
叢書主編 黃惠鈴
封面設計 盧亮光
編輯主任 陳逸華

總編輯 胡金倫
總經理 陳芝宇
社長 羅國俊
發行人 林載爵

出版者 聯經出版事業股份有限公司
地址 新北市汐止區大同路一段369號1樓
編輯部地址 新北市汐止區大同路一段369號1樓
叢書主編電話 (02)86925588轉5312
台北聯經書房 台北市新生南路三段94號
電話 (02)23620308
台中分公司 台中市北區崇德路一段198號
暨門市電話 (04)22312023
台中電子信箱 e-mail：linking2@ms42.hinet.net
郵政劃撥帳戶第0100559-3號
郵撥電話 (02)23620308
印刷者 世和印製企業有限公司
總經銷 聯合發行股份有限公司
發行所 新北市新店區寶橋路235巷6弄6號2F
電話 (02)29178022

行政院新聞局出版事業登記證局版臺業字第0130號

本書如有缺頁，破損，倒裝請寄回台北聯經書房更換。 ISBN 978-957-08-5412-1 (平裝)
聯經網址 http://www.linkingbooks.com.tw
電子信箱 e-mail:linking@udngroup.com

國家圖書館出版品預行編目資料

水滸傳 / 施耐庵原著；陳燁改寫．
三版．新北市．聯經．2019.11
336面；14.8×21公分．（中國古典名著少年版；1）
ISBN 978-957-08-5412-1（平裝）
[2019年11月三版]

857.46 108016938